Elfriede Wolff

oder
wie ich in

Clärchen`s Ballhaus

kam...

Eine Autobiographie erzählt von Uwe Reinhardt

Bibliografische Information der Deutschen Nationalbibliothek:
Die Deutsche Nationalbibliothek verzeichnet diese Publikation in der Deutschen Nationalbibliografie; detaillierte bibliografische Daten sind im Internet über http://dnb.dnb.de abrufbar.

Satz, Layout und Umschlaggestaltung:
Uwe Reinhardt

Herstellung und Verlag:
BoD-Books on Demand,
Nordestedt

ISBN: 978-3734757969

Inhalt:

Vorwort

1. Kapitel
Meine Kindheit und die Flucht nach Berlin

2. Kapitel
Mein mühsamer Anfang in Berlin

3. Kapitel
Clärchen`s Ballhaus - Wie es begann

4. Kapitel
Das Ballhaus zu meiner Zeit

5. Kapitel
Ein schwarzes Kapitel

Nachwort

Vorwort

Seit den letzten fünf Jahren arbeitete ich ehrenamtlich mit einem befreundeten Chronisten aus meiner Heimat Gröningen (bei Halberstadt) zusammen an drei Heimatbüchern. Es handelt sich hierbei um das Buch „Kriegsende im nördlichen Harzvorland" und „Heimat Kloster Gröningen" Teil 1 und 2.

Bei diesen Büchern, in denen auch Zeitzeugen des zweiten Weltkrieges zu Wort kamen und kurze Anekdoten aus ihrem Leben erzählten, kam mir der Gedanke, meine liebe Nachbarin, mit deren Mann ich bis zu seinem Tode befreundet war, zu fragen, ob ich nicht ihre Lebensgeschichte veröffentlichen könnte.
Sie gab mir dafür grünes Licht...

Als ich mit „Elfi" mehrere Tage zusammen saß, um mir ihren Lebenslauf erzählen zu lassen und diesen aufzuschreiben, war ich fasziniert und betroffen zu gleich. Zwar haben wir öfter schon Zeit miteinander verbracht, als ihr Mann „Wandi" noch lebte, wobei alle beide häufig Episoden aus ihrem Leben erzählten, die mich schon immer beeindruckt haben, aber diese Gespräche waren anders.

Am liebsten hätte ich ganz einfach nur zu gehört, nur musste ich mir ja gleichzeitig Notizen machen, und mich konzentrieren, damit ich den Faden nicht verliere.
Wer kann denn eigentlich heutzutage noch zu hören? Vor allem, wenn es um Gespräche mit älteren Leuten geht. Dabei könnten sie uns doch so viel erzählen und wären froh, dass sich jemand die Zeit für sie nimmt.

Eines Tages sind wir alt und hätten vielleicht ebenfalls so einiges aus unserem Leben zu berichten. Wer hört uns dann zu? Wird es jemanden geben, den unser Werdegang interessiert und begeistert? Ist der es dann auch Wert, niedergeschrieben und gelesen zu werden?

Was haben wir aus unserem Leben gemacht? War es ebenso sehr von Entbehrungen, Schicksalsschlägen und harter Arbeit geprägt?

Gott sei Dank haben wir keinen Krieg mehr miterleben müssen! Deshalb kann ich nur sagen: „Hut ab vor der Generation, die unsere Eltern oder Großeltern sind bzw. waren und vielen Dank euch für all das, was ihr uns ermöglicht habt, damit wir ein unbeschwerteres Leben führen können!"

Der und die eine oder andere von Ihnen werden wohl auf ein ähnliches, tragisches Leben zurück blicken können, hat möglicherweise sogar noch etwas Schlimmeres erlebt und ist vielleicht demzufolge bis heute traumatisiert.

Es gäbe halt noch so viele Geschichten von Einzelschicksalen zu erzählen, deshalb sollten wir den älteren Verwandten oder Bekannten zuhören, solange sie noch darüber berichten können!

Eventuell lese ich ja irgendwann einmal eine fesselnde Geschichte von Ihrem Nachbarn oder von jemandem aus Ihrer Verwandtschaft, die Sie nieder geschrieben haben? Wer weiß?
Lassen Sie sich aber nun ebenfalls von dem kleinen Mädel aus Eger, das dem Kriegswahnsinn entronnen ist und dem Tod mehrmals entkam, in den Bann ziehen.

Lernen Sie eine bemerkenswerte Frau kennen, die ohne eine richtige Kindheit gehabt zu haben aufwuchs und die schon in jungen Jahren „ihren Mann" stehen musste.

Eine Frau, die sich mit eigener Kraft von ganz unten nach oben gearbeitet hat und die selbst in ihrem hart erkämpften, späteren Wohlstand immer ein Mensch voller Liebe, Güte und Warmherzigkeit blieb.

Erfahren Sie von den glücklichen Umständen eines Geständnisses und auf welche Weise Elfriede Wolff zu „Clärchen", in das über die Grenzen hinaus bekannte Berliner Ballhaus kam.

Werden Sie außerdem Zeuge von wahren Begebenheiten aus drei Generationen Ballhaus-Geschichte.

In der Hoffnung, dass ich auch Sie mit der beeindruckenden Lebensgeschichte der Elfriede Wolff, **alias „Clärchen"** oder einfach nur „Elfi", begeistern kann,

wünsche ich Ihnen

nun viel Spaß und gute Unterhaltung.

Uwe Reinhardt

Ansichtskarten meiner Mutter aus Eger

1. Kapitel

Meine Kindheit und die Flucht nach Berlin

Man schrieb das Jahr 1931, als ich in Eger das Licht der Welt erblickte.
Diese wunderschöne Stadt heißt heute *Cheb* und liegt in Tschechien.

Meine Kindheitserinnerungen entsprechen nicht gerade denen einer glücklichen Kindheit. Darum ist es schon verwunderlich, dass die Frau, die sich meine Mutter nannte, Zeit für mein Ankommen auf dieser Welt nahm... Noch verblüffender für mich ist jedoch, dass sie sich überhaupt ein Kind anschaffte.
Aber höchst wahrscheinlich war ich ja nur das unerwünschte Produkt eines leidenschaftlichen „Verkehrsunfalls".
Leider habe ich nie Mutterliebe und mütterliche Geborgenheit kennen gelernt. Statt dessen wurde ich wie ein Modepüppchen mit Hut, Mantel, Rüschenkleidern und später sogar noch mit weißen Hand- und Lackschuhen ausstaffiert, in der Öffentlichkeit präsentiert.

Die Eltern meiner Mutter wohnten auf einem Schloss, denn ihr Vater arbeitete in der schlosseigenen Brauerei als Braumeister. Dort wuchs meine Mutter mit den Töchtern der Herrschaften auf.

Meine Mutter

Deswegen ist wohl sehr viel auf sie abgefärbt, wodurch sich ihr emsiges Streben nach Höherem erklären lässt.

Die Ehe mit meinem Stiefvater, einem Ingenieur des örtlichen Sägewerkes, war wohl nicht gerade das, was sie sich für ihr Leben erhoffte. Sie hatten einen gemeinsamen Sohn, der drei Jahre älter war als ich. Wir verstanden uns sehr gut, denn es erging ihm fast wie mir. Mein Stiefvater, dem sie mich als „Kuckucksei" unterjubelte, war ein lieber und verständnisvoller Vater, der sich viel Zeit für mich und meinen Bruder nahm. So wie er waren auch seine Eltern herzensgute Menschen, bei denen ich mich sehr wohl und geborgen fühlte. Seinen Vater, von Beruf Museumsdirektor, besuchte ich häufig im Büro, in dem er mich immer malen ließ. Mutter jedoch suchte ständig nur Kontakte zu den oberen Schichten der Gesellschaft. Ob bei Ausflügen zu Konzerten in dem weit bekannten Franzensbad (heute *Františkovy Lázně* in Tschechien) oder zu einer Priesterweihe, sie hatte mich stets als adrettes Vorzeigepüppchen im Schlepptau und liebäugelte mit den wohlhabenden Männern.

Da die Ehe unserer Eltern unter keinem guten Stern stand, was selbst wir Kinder oft genug bemerken mussten, kam es dann zur Scheidung. Vater verzog mit meinem Bruder, der meiner Mutter ebenfalls nur ein Klotz am Bein war, nach Regensburg. Meine Frau Mama hingegen hatte indes schon einen Fabrikanten an der Angel, zu dem wir beide nach Komotau (heute *Chomutov* in Tschechien) zogen...

Bei diesem Wäschefabrikanten, der dort mit seinen zwei Töchtern lebte und der mir gegenüber keinerlei

Mein Bruder und ich...

Wärme aufkommen ließ, wohnten wir „standesgemäß" in einer großen Villa am See. Seine beiden Töchter waren schon über zwanzig, eine davon verheiratet und von „Beruf einfach nur Töchter"... Sie amüsierten sich beim Fechten, Reiten und auf Empfängen. Also genau die richtige Welt für meine Mutter! Ich fühlte mich dort am wohlsten bei den Arbeitern in der Fabrik. Sie gaben mir öfter mal Stoffreste, aus denen ich mir, wie es kleine Mädchen eben so versuchen, Puppensachen zusammen nähte.

Meine Mutter war aber nicht von Grund auf schlecht. Sie hatte ebenso ihre guten Seiten. Kochen konnte sie einfach fabelhaft, was sie dort in der Villa unter Beweis stellte. Sie kochte sehr oft selbst. Auch dann, wenn viele Gäste geladen waren. Hier brauchte sie allerdings nur alles abschmecken und würzen, denn es gab ja schließlich das nötige Personal für die „niederen Arbeiten". Sie war übrigens ein Organisationstalent. So stellte sie neue Kontakte für den Großhandelsverkauf, der im Werk hergestellten Wäsche, her und verkaufte diese in großen Mengen an Einzelhändler. Uns ging es also wirtschaftlich nie schlecht und gut versorgt wurde ich schon immer.

Später ließ mich meine Mutter aber immer mehr spüren, dass ich für sie nur lästig und unerwünscht war. So verschickte sie mich anfangs für längere Zeit zu ihrer Mutter nach Asch (heute *Aš* in Tschechien) und dann, ich war gerade erst zehn Jahre alt, für immer zu ihrer kinderlosen Tante, deren Mann in den Krieg ziehen musste, nach Pommern. Dort lebte ich in einer Kleinstadt namens Bernstein (heute *Pelczyce* in Polen).

In diesem malerischen Ort, eingerahmt von drei großen Seen mit rund 2500 Einwohnern, besaß meine Großtante ein Hotel. Es war ein schönes, vornehmes Haus mit 15

Bei der Kirchweih

Ich im Alter von 10 Jahren

Zimmern und zwei Sälen, wovon einer, in dem desgleichen ein großer Flügel stand, nur für Musik- und Tanzveranstaltungen genutzt wurde. Meine Mutter besuchte mich dort ab und an einmal, beschenkte mich dann reichlich mit Schokolade, nebst den modernsten Kleidern der Prager Mode und versorgte ihre Tante mit Wein und anderen Dingen, die es zu der Zeit schlecht gab.

Ich versuchte beharrlich zu ergründen, wie eine Mutter es bloß fertig bringen konnte, einfach ihr eigen Fleisch und Blut wegzugeben. Vielleicht lag es daran, dass sie schon als junge Frau sehr Lungenkrank war. Sie musste regelmäßig zur Kur nach Karlsbad (auf tschechisch *Karlovy Vary*) oder in andere Kliniken und Kureinrichtungen. Diese Unterbringungen waren teuer und das konnten sich nur wohlhabende Leute leisten. Wer weiß, was in ihr vorging. Die Angst, nur kurze Zeit zu leben und etwas in diesem kurzen Leben verpassen zu können, spielte dabei bestimmt eine gravierende Rolle.

Jedenfalls dauerte es nicht lange, bis ich feststellte, dass ich nur vom Regen in die Traufe kam. Meine Großtante hatte keinerlei Erfahrung, was Kindererziehung betraf und brauchte anscheinend nur eine billige Arbeitskraft, denn die war „Mangelware". Außer ihr waren nur ein Laufbursche und zwei Pflichtjahrmädchen im ganzen Hotel beschäftigt, da alle Männer und somit der Rest des Personals, im Krieg waren. Der Laufbursche, ca. 18 Jahre alt, kümmerte sich um das Viehzeug, wovon es reichlich hinter dem Hotel im Nebengelass gab. Er versorgte über 100 Kaninchen und zig Hühner, schleppte die Koffer der Gäste, übernahm die immer wieder einmal anfallenden

Reparaturarbeiten und sprang hier und da, wo er gerade gebraucht wurde, ein.

Das Hotel meiner Großtante (rechts oben war mein Zimmer)

Ansichtskarte meiner Großtante an meine Mutter

Die beiden Pflichtjahrmädchen (beide 16 Jahre alt) waren für die Gästezimmer und die Küchenarbeiten zuständig. Gekocht hat meine Großtante.
Somit fielen das Eindecken der Tische, das Putzen der Gasträume und der Abwasch in meinen Aufgabenbereich. Einmal wöchentlich bekam ich außerdem die Order, sämtliches Silberbesteck und sonstiges Silbergeschirr zu putzen. Der Eisverkauf, den ich im Sommer übernehmen musste, war gegen alles Andere eine blanke Erholung. Zusätzlich war dann noch von Frühjahr bis Herbst die schwere Feld- und Erntearbeit zu bewältigen, wo jede Hand gebraucht wurde. Also was arbeiten heißt, lernte ich schon sehr zeitig. Wie gern hätte ich damals aber mal ein schönes

Buch gelesen! Bücher haben mich schon immer fasziniert, nur fand ich nie die Zeit dafür und abends fiel ich ganz einfach, erschöpft von der vielen Arbeit, nur noch müde ins Bett... So kam es in einem Herbstmonat, bei der Kartoffelernte, dass mich meine Großtante auf dem Feld nicht entbehren konnte und mich deswegen nicht zur Schule ließ. Zu allem Überfluss dankte mir mein „liebenswerter" Herr Schuldirektor, ein <u>richtiger</u> SA-Mann, mein Nichterscheinen am nächsten Tag mit Peitschenhieben. Ich dachte mir nur: „Die guten Männer mussten in den Krieg...".

Zum Glück gab es im Ort noch den lieben Doktor Röder, der wie ebenso der Lebensmittelhändler, zu den guten Freunden des Hauses zählte. Ich nannte ihn nur Onkel Karl. Er hatte vier Töchter. Die Älteste, Rita, half ihm in seiner Praxis, die zweitälteste, Eva, war verheiratet und lebte nicht mehr im Haushalt. Die anderen beiden, Renate und Erika, waren etwa in meinem Alter. Bevor für uns in der pommerschen Idylle der Krieg ausbrach, hatten sie eine französische Erzieherin, die ihnen die nötigen Etikette beibrachte. Sie waren alle wohl erzogen und hatten ein richtig gutes Familienleben. Denn trotz der förmlichen Erziehung, die Onkel Karl und seine Frau ihren Kindern angedeihen ließen, ging es doch recht locker und lustig bei ihnen zu.

Mit Renate, kurz „Nadi", verstand ich mich am besten. Wenn es meine wenige Freizeit zu ließ, verbrachten wir diese meistens zusammen. Onkel Karl war sehr kinderlieb und schloss mich sofort in sein Herz. Vormittags arbeitete er im Krankenhaus und Nachmittags machte er in allen umliegenden Dörfern Hausbesuche. Ich weiß nicht, wie er es ab und zu hinbekam, meine Großtante zu überreden, dass ich ihn mit Nadi und Erika in seinem Auto zu den Hausbesuchen begleiten durfte, aber er schaffte es zu meinem Glück immer wieder einmal. Es machte ihn traurig, mit ansehen zu müssen, wie mir meine Kindheit geraubt wurde. Am liebsten hätte er mich adoptiert.

Bernstein-Schule

Bernstein-Krankenhaus

Aber so wie mir, ging es außerdem den anderen Kindern, deren Eltern sich nur mit ihren kleinen Bauernhöfen, von denen es im Umfeld zur Genüge gab, über Wasser halten mussten. Genau wie mir, wurde ihnen die Kindheit schon sehr früh genommen und sie mussten bei Zeiten hart arbeiten. Im Gegensatz zu ihnen hatte ich aber immer genug zu Essen und ein schönes Heim.
Die Tragödie war nur, dass mich Tante Bertha Moschner, wie sie hieß, genau so aufbrezelte, wie meine Mutter. Wenn ich sie zu Bekannten, wie zum Beispiel ihrer besten Freundin, deren Mann Viehgroßhändler war, in ihr Gutshaus zum Kaffeeklatsch begleitete. Ich sah immer aus, wie aus dem Ei gepellt. Bei den Leuten war ich jedoch gern zu Besuch. Aber nur weil sie eine polnische Dienstmagd hatten, die Ljuba hieß, mit der ich mich einfach prima verstand. Sie war 16 Jahre alt und musste sich im dortigen Haushalt sehr plagen. Wenn wir dort zu Besuch waren, versuchte ich ihr immer, so gut es ging, zu helfen und verbrachte dann, die für sie gewonnene Zeit, mit ihr zusammen. Im Sommer gingen wir in dem herrlich gelegenen See, unweit des Gutshauses, baden, pflückten Obst, wobei wir das Naschen nie vergaßen oder flochten uns auf der riesigen, mit Butterblumen, Löwenzahn und Gänseblümchen übersäten Wiese, Blumenkränze. Manchmal blödelten wir auch einfach nur herum. Eine Kindheit hatte Ljuba leider ebenfalls nicht. Ihr Vater wurde ebenfalls in den Kriegsdienst einberufen und ihre Mutter lebte mit ihrer kleinen Schwester und ihren alten Eltern zusammen in einer winzigen Kate. Sie mussten zusehen, wie sie allein zurecht kamen mit etwas Vieh und einer kleinen Landwirtschaft. Da sich bei uns alle gesunden Männer im Krieg befanden, hatten die reichen Leute ausnahmslos Bedienstete aus Polen, wie

Ljuba. Sie tat mir leid, denn sie weinte oft und war in Gedanken immer bei ihrer Familie, die ihr sehr fehlte. Sie und ihre Familie waren zwar arm, aber auch dort fehlte es nicht an liebe und menschlicher Wärme.

Bernstein-Seestraße mit Stavensee

Bernstein-See-Badestelle

Ich kannte sehr viele Kinder, denen es zu Hause an allem Möglichen mangelte wie Ljuba. Aber viele von ihnen hatten eben das, um was ich sie alle immer beneidete und mein Leben lang vermisste – Mutterliebe. Denn es sind nicht die materiellen Dinge, wonach sich Kinder sehnen.

Kinder können aber ansonsten sehr grausam sein...
Das bekam ich selbst zu spüren, weil ich immer nur in teuren, hübschen Kleidern herum lief und so zur Schule kam. Aus Neid hänselten mich viele Mitschüler und machten mir somit das Leben noch schwerer, als es für mich ohnehin schon war.
Als ich einmal für meine Tante zur Post musste, um dort einen wichtigen Brief abzugeben, hänselte mich im Postgebäude ein Junge von meiner Schule.
So ein ausgesprochener Fiesling! Obendrein war er noch hässlich und hatte das Gesicht voller Pickel und Sommersprossen. Dieser tat das aber zum letzten Mal, denn nach einer kräftigen Tracht Prügel, die ich ihm noch, zum Erstaunen der Erwachsenen, an Ort und Stelle verabreichte, wagte er sich das nicht mehr. War das eine Blamage für ihn! - Von einem Mädchen verprügelt. - Aber ich war stolz wie Oskar. Durch diesen „Auftritt" blieben mir weitere Hänseleien erspart, denn es sprach sich im Ort herum wie ein Lauffeuer. - Ich hatte mich behauptet. -
Wenn mich Onkel Karl im Winter mit zu Hausbesuchen nahm, fuhren wir mit einem großen Pferdeschlitten.

Bernstein-Stargarder Straße

Bernstein-Rathaus mit Post

Die Winter in Pommern waren sehr schneereich und hart. Zu unserer großen Freude bekamen wir dann bei den Bauern meistens Bratäpfel oder heiße Milch gereicht. Das war eine richtige Wohltat bei der Kälte und immer ein kleines Erlebnis bzw. eine willkommene Abwechselung mit Onkel Karl. Trotz der schlechten

Zeiten, in denen der Krieg damals desgleichen seine hässliche Fratze zu uns nach Pommern wandte, erfreute man sich eben an solchen Kleinigkeiten, so dass sie selbst bis heute, nach rund 75 Jahren, in Erinnerung blieben.

Ich erinnere mich außerdem noch an einen gewissen Herrn Direktor Kalbfleisch, der mit der Entwicklung der V1- und V2-Raketen zu tun hatte. Dieser Entwicklungsbereich wurde irgendwann in den 40er Jahren von der Ostseeküste Peenemünde nach Bernstein verlegt. Dort arbeiteten ca.15 Mitarbeiter von ihm. Seit dem war er oft zu Gast bei uns. Seine Frau blieb für längere Zeit als Dauergast im Hotel und bewohnte Zimmer - Nr. 3, welches ich heute noch vor mir sehe. Er hatte, wie Onkel Kurt, einen Narren an mir gefressen und immer, wenn er aus Italien kam, wo er des öfteren auf Dienstreise war, brachte er mir tollen Schmuck mit, über den ich mich sehr freute. Nur sollte die Freude über den selbigen nicht von langer Dauer sein. –

In Bernstein lebte ebenfalls eine geheimnisvolle, alte, bucklige Frau. Sie sah richtig unheimlich aus. Mit ihrem großen Buckel, an einem krummen Stock laufend, erinnerte sie ganz einfach an eine Hexe. Ihr fehlte nur noch die Katze auf dem Rücken. Sie wohnte etwas außerhalb des Stadtkerns in einem kleinen Häuschen, das aussah, als wäre es schon lange nicht mehr bewohnt. Es war in einem völlig desolaten Zustand. Wenn die Leute in der Stadt von der Frau sprachen, redeten sie immer nur von der „alten Hexe". Uns Kindern lief es dabei eiskalt den Rücken runter. Sie konnte die Zukunft voraussagen, hieß es, die sie aus Karten oder einer Glaskugel las. Einmal traute ich mich mit Nadi zu ihrem Haus. Wir waren neugierig, nahmen all unseren Mut zusammen und wollten unbedingt erkunden, was sich dort in der alten Hütte so tut. Es war Winter und wir ließen uns von einem Bauern, der mit seinem Pferdeschlitten aus der Stadt fuhr, ein Stück mitnehmen. Wir hängten unseren Schlitten hinter seinen und freuten uns, dass wir nicht so weit laufen brauchten. Da es schon etwas dunkler wurde, sah man von Weitem ein schwaches Licht im Wohnzimmer der Hexe. Wir schlichen uns an ihr Fenster und sahen sie in einem Sessel sitzend über ihre Glaskugel gebeugt. Neben dem Tisch stand auf einer kleinen Anrichte eine Petroleumlampe, die ihr ins Gesicht schien. Der alten Frau gegenüber saß eine junge Frau auf einem Stuhl und weinte. Wollte sie vielleicht erfahren, ob ihr Mann heil aus dem Krieg zurück kommt? In dem Licht der Lampe sah die alte Frau gleich noch gruseliger aus. Da fürchteten wir uns erst so richtig und machten uns ziemlich schnell wieder aus dem Staub. Zu allem Überfluss erzählten wir uns noch gegenseitig auf dem Heimweg Gruselgeschichten, wodurch wir es in der Abenddämmerung noch mehr mit der Angst zu tun bekamen.

Zu meinen schlechten Erinnerungen gehört definitiv das Gefangenenlager am großen Markt.

Dort waren französische, russische und polnische Kriegsgefangene unter sehr schlechten Bedingungen eingesperrt, die auf den umliegenden Bauernhöfen oder in den benachbarten Betrieben arbeiten mussten. Zu uns kamen ebenfalls öfter polnische Zwangsarbeiter, die bei Händlern arbeiten mussten und die uns mit Gemüse oder Fleisch belieferten. Wir gaben ihnen immer zu Essen und zu Trinken, manchmal dazu Zigaretten oder auch mal Wein. Sie waren ausgemergelt, blass, unterernährt und taten uns einfach leid. Als dann die Rote Armee im

Januar 1945 Bernstein besetzte und die Zwangsarbeiter befreite, rettete uns unser „humanes Verhalten" gegenüber der polnischen Zwangsarbeiter das Leben. Für uns war es jedoch eine Selbstverständlichkeit und ein Zeichen der Nächstenliebe. Bernstein wurde unter polnische Verwaltung gesetzt. In der Altstadt an der Kirche fanden Erschießungen statt, wobei sogar ein sehr großer Teil der Schulkinder, meine Mitschüler, schlicht und einfach hingerichtet wurden.

Diesmal war es mein Glück, dass mich Tante wieder einmal nicht entbehren konnte. Für das Leben meiner Mitschüler hätte ich am nächsten Tag dem Herrn Direktor aber gern wieder den Po entgegengestreckt... All die Kinder, die ihren Eltern zur Hand gehen mussten, hatten einfach riesiges Glück gehabt. Als wir davon erfuhren, saß uns noch Tage lang der Schock in den Gliedern.

Eine Zeit, die von Mord, Vergewaltigung, Plünderung und blankem Chaos gezeichnet war, in der man kaum Gnade, geschweige denn Mitgefühl kannte, und in der Menschlichkeit zu einem schwierigen Fremdwort wurde, brach nun auch über Bernstein herein.

Was der Krieg aus Menschen machen kann, ist grauenvoll und unvorstellbar.

Als Kind fragte ich mich immer: „Was sind das nur für Menschen, die so mit uns Deutschen umgehen?" Heute weiß ich, nachdem das Ausmaß der ganzen Gräueltaten des Hitlerdeutschlands bekannt wurden, dass alle Länder einen berechtigten Hass auf die Deutschen hatten, denn unsere Soldaten machten ja nichts Anderes, als sie über deren Länder herfielen. Nein sie setzten dem Ganzen mit ihren Konzentrationslagern sogar noch die Krone auf!

Was mussten das für kranke Hirne sein, die zu solchen Taten fähig waren?

Allmählich erreichten Bernstein die Flüchtlingsströme aus Ostpreußen und Schlesien. Aus dem schönen Hotel meiner Tante wurde für sie ein weiteres Auffanglager im Ort. Sie kamen mit Pferde- oder Ochsengespannen, viele aber nur mit kleinen Karren oder Handwagen, auch „Bollerwagen" genannt, bei uns an. Der größte Teil von ihnen hatte bereits schon Hunderte von Kilometern hinter sich. Die Menschen waren am Ende ihrer Kräfte angelangt. Erschöpft und ausgehungert waren sie froh, über jede noch so kleine menschliche Geste. Die übriggebliebenen Schüler wurden am Bahnhof eingeteilt, um die mit Zügen ankommenden Flüchtlinge mit Wasser oder Tee zu versorgen. Schule hatten wir schon lange nicht mehr.

Im Mai 1945 bekam meine Tante von den ehemaligen Zwangsarbeitern, die wir zwischendurch manchmal versorgt hatten, Bescheid, dass am nächsten Tag alle Deutschen aus dem Land vertrieben werden sollten. Und somit rüsteten wir uns für einen langen Marsch in eine ungewisse Zukunft.

Wir packten unsere Wertsachen, sowie die nötigsten Dinge zusammen und verstauten diese auf einem kleinen Bollerwagen, den ich noch am selben Abend in der Nachbarschaft klauen ging. Was blieb uns denn anderes übrig? Schließlich mussten wir noch eine gute Bekannte meiner Tante, die über 70-jährige Oma Grundmann, mitnehmen. Ihr Sohn brachte sie von Berlin, aus Sicherheitsgründen, zu Kriegsbeginn nach Bernstein, weil bei uns noch alles ruhig war.

Bernstein-Richtstraße

Bernstein-Bahnhof

Mit ihr im Bollerwagen, unserem Kochgeschirr und den wenigen Habseligkeiten an den seitlichen Streben befestigt oder bei Oma Grundmann auf dem Schoß und in Rucksäcken auf dem Rücken verstaut, brachen wir am nächsten Morgen in Richtung Berlin auf. Unterwegs trafen wir auf immer mehr Leute, die den gleichen Gewaltmarsch antraten oder eben aus Ostpreußen und Schlesien kommend, schon eine gewaltige Stecke hinter sich hatten. Der Flüchtlingsstrom wurde immer länger. Noch nie zuvor hatte ich solche Menschenmassen auf einmal gesehen. Wir lagerten sowohl in den umliegenden Wäldern als auch in Straßengräben, wo wir uns aus Feldsteinen eine Feuerstelle bauten und in unserem Kochgeschirr irgendwelche Suppen oder Kartoffeln kochten. Nachdem die wenigen mitgenommenen Lebensmittel verbraucht waren, haben wir gegessen, was die Wälder oder Äcker noch hergaben. Viel war es nicht. Da gab es dann schon öfter nur mal eine Brennnesselsuppe...

In den ersten Nächten bekamen wir einfach kein Auge zu. Jedes nur noch so kleine Geräusch ließ uns hochschrecken und machte uns Angst. So kam es dann auch zu der einzigen, lustigen Begebenheit, die wir auf diesem traurigen Marsch erlebten:

Oma Grundmann plagte eines Tages ein mächtiges Bauchweh. Ich weiß zwar nicht mehr, was wir einst gegessen hatten, aber es muss wohl daran gelegen haben. Wir schlugen unser Nachtlager in einem kleinen Waldstreifen auf, der unweit eines schmalen Baches lag. Dort besorgten wir frisches Trinkwasser und hatten endlich mal wieder die Gelegenheit, uns zu waschen. Als wir uns dann zum Schlafen niedergelegt hatten, begann

Oma Grundmann ihr Bauch laut zu grummeln. Dabei wimmerte sie leise vor sich hin, bis sie einschlief. Nachdem auch Tante Bertha und ich endlich eingeschlafen waren, wurden wir unvermittelt von einem lauten Knattern, das sich anhörte, wie die Salve aus einem Maschinengewehr, aus dem Schlaf gerissen. Plötzlich rief noch ein alter Mann, der mit seiner ebenso alten Frau in ca. 5m Entfernung von uns lagerte: „Deckung! Die Russen kommen!"
Zeitgleich rasselte es aber ein zweites Mal, wobei Oma Grundmann wach wurde, weil wir so laut lachen mussten. Nun hatten selbst die ängstlichsten Leute um uns herum begriffen, dass es sich nicht um die Salven aus einem „MG", sondern nur um die angestauten Gase von Omi Grundmann handelte, die sich unter einem enormen Druck „den Weg in die Freiheit bahnten" und sich mit einem gewaltigen „Donnerwetter" entluden. Oma Grundmann schämte sich zwar fürchterlich, aber wir alle hatten mal kurz etwas zu Lachen, obwohl niemandem wirklich danach zumute war...
In den nächsten Tagen schliefen wir wesentlich schneller ein. Dafür sorgte schon die völlige Erschöpfung.
Durch die großen Strapazen starben unterwegs viele Menschen, die damals irgendwo im Wald verscharrt, ihre letzte Ruhestätte fanden. Obwohl der Krieg beendet war, die Rote Armee hatte Berlin schon eingenommen und die Deutsche Wehrmacht kapituliert, war diese Odyssee für uns noch lange nicht vorbei. Auf unserem Marsch kamen uns immer wieder russische Soldaten mit deutschen Kriegsgefangenen entgegen. Die Russen plünderten selbst die Flüchtlinge aus und vergewaltigten die Frauen und Mädchen. Manche machten sogar vor jungen Knaben oder alten Omi`s nicht halt. Wer sich wehrte,

wurde geschlagen oder sogar erschossen. An den Straßenrändern lagen tote Pferde oder Ochsen mit aufgeblähten Bäuchen, die dem Stress und dem ganzen Wahnsinn nicht mehr stand hielten. Es war die blanke Hölle für uns. Einmal beobachtete ich, einen älteren Mann, der nur einen Arm hatte und wie ein Irrer mit einem Knüppel auf sein Pferd einschlug, weil es vor Erschöpfung nicht mehr vorwärts kam. Bei dem Tier konnte man schon sämtliche Rippen zählen, so abgemagert war es. Der Hengst wieherte nur noch kurz und sackte tot zusammen. Ich war dermaßen wütend, dass ich am liebsten genau so auf den Mann eingeschlagen hätte. Sein Wagen war völlig überlastet und ein Wunder, dass es sein Pferd überhaupt bis dort hin geschafft hatte.

Der Mann setzte sich verzweifelt vor sein Pferd auf den Boden und fing bitterlich an zu weinen. Da konnte er mir schon wieder leid tun. Wir rasteten schon eine ganze Weile im Straßengraben, als das passierte und sahen mit an, wie der mutlose Mann und seine Familie nur das Nötigste vom Wagen nahmen und weiter zogen. Die restlichen Sachen wurden sofort von anderen Flüchtlingen durchwühlt und mitgenommen. Oft hörte man verbitterte Schreie oder nur hilfloses Wimmern verzweifelter Frauen und Mädchen, die sich ihrem „Horrortrip" nicht entziehen konnten, wenn manchmal sogar mehre Russen über sie herfielen und sich an ihnen vergingen. Als selbst uns zwei russische Soldaten festhielten und ausplünderten, wollten sie sich an mir und Tante Bertha vergreifen. Oma Grundmann stießen sie achtlos in den Straßengraben. Sie fing schmerzlich an zu weinen. Als ich mich von dem einen übel riechenden, dreckverschmierten und völlig heruntergekommenen

Soldaten losriss, um Oma Grundmann hoch zu helfen, der andere fetzte indessen Tante Bertha schon die Jacke vom Leib, kam ein russischer Offizier mit vielen Orden an der Brust dazu. Er hatte alles mit angesehen, schrie die beiden an und half der armen Omi auf die Beine. Dabei stammelte er etwas auf russisch. Es war jedenfalls, so denke ich, eine liebe Geste der Entschuldigung. Die beiden Männer, die sich wie wilde Tiere benahmen und dessen widerwärtige Gesichtsausdrücke ich nie vergessen werde, ließen uns sofort los und gingen weg. Es muss wohl ein einflussreicher, hoher Offizier gewesen sein, dem wir das zu verdanken hatten. In einem kleinen Muff, den ich bei mir trug, hatte ich meinen ganzen Schmuck versteckt, den ich unter anderem von Direktor Kalbfleisch geschenkt bekam. Das Bündel unserer Habseligkeiten, mein kleiner, weißer Muff inbegriffen, welches sich die beiden Soldaten geschnürt hatten, bevor sie handgreiflich wurden, hatten sie sich aber noch geschnappt, bevor sie wie die begossenen Pudel abzogen. Ich weiß nicht, was mir bzw. uns widerfahren wäre, hätte es den Offizier nicht gegeben...

Fest steht jedenfalls, dass ich mich wie eine Furie zur Wehr gesetzt hätte, ohne zu überlegen, dass dies mein Todesurteil gewesen wäre. Insofern hatten wir wieder einmal enormes Glück in diesem ganzen Unglück. Eine Frau, sie war vielleicht Mitte fünfzig, die sich mit ihrer Nachbarin, deren drei kleinen Kindern und einem alten Jagdhund auf den beschwerlichen Marsch gemacht hatte, besaß nicht dieses Glück. Sie verstarb noch während ihrer Vergewaltigung. Nachdem sie von ihrer Nachbarin und ein paar Helfern unter einer Hecke im Wald begraben wurde, hatte es ihr Hund indes geschafft, seine Leine durchzubeißen, an der er hinter einen Karren gebunden war. Er lief zu der Stelle, wo sein Frauchen begraben lag, legte sich darauf und blieb wimmernd dort liegen. Alle Versuche der Nachbarin, ihn weg zu bewegen, scheiterten. Sie ließ ihn dort zurück.

Da wir uns fast im letzten Flüchtlingsstrom befanden und rechtzeitig gewarnt wurden, hatten wir damit ebenso Glück. Denn viele Menschen, die sich in den vorherigen Trecks befunden hatten, wurden von den Russen, die sich hinter ihnen auf ihrem Siegesmarsch nach Berlin befanden, buchstäblich überrollt. Die Menschen konnten, von den Strapazen der Flucht geschwächt, kaum noch längere Wegstrecke zurücklegen. Die russische Kriegswalze hingegen drang unaufhaltsam täglich ca. 50 Kilometer tief in das Reichsinnere vor. Flüchtlingstrecks, die nicht schnell genug ausweichen konnten wurden von Panzern beschossen oder wie schon erwähnt, einfach überrollt. Russische Tiefflieger beschossen die Flüchtlingskolonnen. Es wurde kein Unterschied mehr gemacht, ob es sich um feindliche Soldaten oder um Zivilbevölkerung handelte. Wenn Männer, Jugendliche oder Kriegsgefangene aufgegriffen wurden, deportierte man sie zu Hunderttausenden als "lebende Reparationszahlung" nach Russland.

Das waren nur einige Einzelschicksale, die mir in Erinnerung blieben, denn das ganze Ausmaß dieses grausamen Krieges kann man nicht in Worte fassen. Es übersteigt ganz einfach unsere Vorstellungskraft.

Wenn ich allein die Zahlen des statistischen Bundesamtes aus den 50er Jahren lese, die ich mir damals notierte, wonach „nur" durch den Einfall der Roten Armee, der anschließenden Polenherrschaft und der systematischen Vertreibung der deutschen Bevölkerung aus Pommern

ca. 370.000 Zivilisten starben, erschüttert mich das zu tiefst. Der größte Teil waren Kinder, Frauen und Greise.
Die Russen und Polen lebten dort, sowie auch in Schlesien und Ostpreußen, ihre ganze Rache und ihren blanken Hass an ihnen aus.

Diese ca. 370.000 Zivilisten machten allein rund 20 % der ostpommerschen Bevölkerung von 1939 aus.
Wenn man heute von den Opfern des II. Weltkrieges spricht, werden diese leider kaum bzw. nie erwähnt.

Was mich um so mehr verwundert, ist aber die traurige Tatsache, dass es trotz der großen Aufklärung, die durch Schulen und Medien hoffentlich weiterhin erfolgen wird, Menschen gibt, die aus all dem Kriegswahnsinn immer noch nichts gelernt haben.
Dass es Gruppierungen gibt, die menschenverachtende Äußerungen oder Handlungen tätigen, die sich nur in der Gruppe, wie einst die SA-Leute, stark fühlen, sich gegenseitig anstacheln und an wehrlosen Menschen vergreifen.

Bleibt mir nur noch zu hoffen, und ich wünsche es mir für alle Erdenbürger, dass irgendwann einmal kein Mensch je mehr einen Krieg erleiden muss und endlich der langersehnte Frieden auf Erden Einzug hält!

2. Kapitel

Mein mühsamer Anfang in Berlin

Ein deprimierendes Bild der Verwüstung, der Hoffnungslosigkeit und der Trauer tat sich vor uns auf, als wir in Berlin ankommend, die einstige Metropole in Schutt und Asche liegen sahen. Den alten Charme, den diese Stadt einmal hatte, konnte man nur noch erahnen.

Was uns wohl hier erwarten würde?
Als wir in Berlin Weißensee ankamen, wurden wir vorerst für 14 Tage bei einer Tochter von Oma Grundmann einquartiert. Sie bewohnte in Pankow eine kleine 2-Raumwohnung, in der wir auf Matratzen am Fußboden schliefen. In der Zeit erfuhr ein Verwandter von Oma Grundmann, der Großgärtner Grunow aus Buchholz, dass wir bei ihrer Tochter untergekommen waren. Er verweilte ferner des öfteren zu Gast in Tante Berthas Hotel in Bernstein. Dieser holte meine Tante und mich zu sich und brachte uns in seinem Gesindehaus unter. Seine ansehnlichen Rieselfelder zogen sich von Buchholz über Schönerlinde bis Buch, wo er Kartoffeln und sämtliches Gemüse anbaute. Dort begann ich auf den Feldern zu arbeiten, wobei Tante Bertha zur großen Freude von Herrn Grunow, das Zepter in der Küche übernahm. Wir wohnten bei ihm ca. ein halbes Jahr, bis wir durch eine Bekannte von einer möblierten Hinterhofwohnung in der Breiten Straße in Pankow erfuhren.

Bei Großgärtner Grunow (er selbst ganz rechts im Bild)

Diese Wohnung wurde vorher von ihrer Tochter bewohnt. Deren Mann fiel im Krieg und sie wurde mit ihren drei kleinen Kindern evakuiert.

Wir überlegten nicht lange und zogen dort ein. Nach einiger Zeit kam die Frau mit ihren Söhnen, sie waren 7, 10 und 12 Jahre alt und wirklich liebenswerte Kerlchen, zurück. Nun mussten wir alle etwas zusammenrücken. Somit lebten wir für fast ein Jahr mit sechs Personen in diesem kleinen Haushalt. Wir verstanden uns aber alle blendend. Meine Tante bekam gleich unweit der Wohnung Arbeit. Sie kochte in der Werksküche einer Maschinenfabrik, deren Arbeiter dort für die russischen Besatzer tätig waren. Die Russen versorgten Tante Bertha obendrein noch mit Kohlen.

Folglich besaßen wir schon mal eine warme Wohnung. Auf dem Balkon hatten wir Kaninchenställe, in denen unser „Fleischvorrat heranwuchs", der demzufolge ebenso gesichert war. Da ich immer noch auf den Feldern von Herrn Grunow arbeitete, wo es ja reichlich an Kartoffeln und Gemüse gab, übernahm ich infolgedessen die, nicht immer legale, Versorgung unserer „WG" mit diesen Produkten. Direkt vor der Haustür lag die Straßenbahnhaltestelle 49. Das war sehr günstig für mich, denn so brauchte ich mich nicht lange mit dem Gemüse abschleppen. Der Vater unserer Mitbewohnerin, die übrigens eine Arbeit im Rathaus bekam, war S-Bahnfahrer. Wenn er unterwegs sah, dass irgendwo ein Feld abgeerntet wurde, gab er uns sofort Bescheid, damit wir uns auf den Weg machen konnten, um auf diesen „nach stoppeln" zu gehen. Hierdurch waren wir alle gut versorgt. Und darauf kam es an in der Nachkriegszeit, wo es doch an allem Möglichen mangelte.

Gegen Ende 1948 bezog ich mit Tante Bertha eine 1-Raumwohnung mit Küche in der Grunowstraße, denn auf Dauer war unsere „WG" dann doch zu eng.

Dort meldete sich, wie aus heiterem Himmel, meine Mutter bei uns. Sie hatte über den Suchdienst des DRK unsere Adresse herausbekommen und sich eine Sondergenehmigung besorgt, um uns besuchen zu können. Inzwischen war sie mit einem reichen Tschechen verheiratet und lebte mit ihm, wie sollte es auch anders sein, in einer schicken, großen Villa in Asch. Dadurch konnte sie in Tschechien bleiben und wurde nicht des Landes verwiesen, wie alle übrigen Deutschen.

Jedenfalls stand sie plötzlich vor mir in der Tür und fiel mir um den Hals. Nach einer kurzen, emotionalen Begrüßung und wenigen Worten wurde mir schnell klar, dass sie mich gern wieder mit zu sich nach Hause nehmen wollte. Nach all den großen Strapazen, all dem Elend, welches ich auf der Flucht und schon in Bernstein erlebt hatte, war das wirklich das Letzte, was ich wollte. Ich sagte zu ihr: „Ich bin Deutsche und deshalb bleibe ich auch hier in Deutschland." Mir war nicht wirklich klar, weshalb sie mich nun nach all den Jahren wieder haben wollte. Waren das etwa verspätete Muttergefühle, die in ihr aufkamen? „Aber auf keinen Fall bleibst Du eine billige Feldarbeiterin!", sagte sie zu mir. Dann setzte sie sich mit dem Modesalon Faustmann in der Pariser Straße in Verbindung und vereinbarte dort einen Vorstellungstermin für mich. Frau Faustmann war ebenfalls öfter zu Gast im Hotel in Bernstein und daher kannte sie meine Mutter recht gut. Manchmal wurde sie von Frau Direktor Kalbfleisch eingeladen, ihr die neuesten Kollektionen persönlich nach Bernstein ins Hotel zu bringen. Für Frau Faustmann war das immer mal eine willkommene Abwechselung, um ein wenig abschalten zu können.

Was die eine „Dame von Welt" dann hatte, wollte prompt auch die andere haben. Man mochte sich eben in höheren Kreisen um nichts nachstehen. Gut jedenfalls für Frau Faustmann. Sie war eine sehr adrette, fleißige und unwahrscheinlich nette Dame, die mich, ohne lange zu überlegen, bei sich als Volontärin einstellte.

Als ich mit meiner Mutter aus dem Salon kam, lud sie mich in ein Kaffee ein, um mir etwas Wichtiges mitzuteilen, wie sie sagte.

Nachdem wir unsere Bestellung aufgaben, fing sie an und legte ein umfangreiches Geständnis ab. „Du hast hier in Berlin einen Vater. Ich lernte ihn in Franzensbad kennen, woher er stammt und wo wir uns oft trafen, als ich noch mit Andreas, wie mein Stiefvater hieß, verheiratet war. Andreas ist also nur Dein Stiefvater. Dein richtiger Vater ist Hotelier und heißt Arthur Habermann. Seine Eltern hatten in Franzensbad ein großes Hotel." Den Schock musste ich erst einmal verdauen. Wie mag er wohl aussehen?, dachte ich bei mir. Ob er mich mögen wird? Wie reagiert ein Vater, wenn er erfährt, dass er eine fast 20-jährige Tochter hat? Fragen über Fragen prasselten noch auf mich ein, als meine Mutter schon einen kurzfristigen Termin mit ihm im selben Kaffee ausmachte, damit wir uns so schnell wie möglich kennen lernen können.

Mein Vater war ein stattlicher Mann, der mir auch sofort gefiel. Zwar war das Treffen zunächst noch etwas zögerlich und verhalten, aber das gab sich recht bald im Laufe der Gespräche. Schließlich war man ja aus dem selben Holz geschnitzt. Als meine Mutter dann sagte, dass sie mich eigentlich wieder mit nach Tschechien nehmen wollte, sagte mein Vater die selben Worte wie ich: „Kommt doch überhaupt nicht in Frage! Meine

Tochter ist Deutsche und deshalb bleibt sie hier in Deutschland!" Mein Vater eben...
Anfangs trafen wir uns nur gelegentlich zum Kaffee. Schließlich musste man sich ja erst einmal an den

Mit meiner Mutter im Kaffee, als sie zu Besuch aus Asch kam

Gedanken gewöhnen, dass es da nun jemanden gibt, der zu einem gehört.
Mein Vater führte mit seiner Frau Clara, „Clärchen" genannt, ein Ballhaus in Berlin Mitte. Er schien sehr wohlhabend zu sein. Ich wollte jedoch nicht den Eindruck bei ihm erwecken, dass ich Geld von ihm bräuchte. Nein, ich schrieb mir schon recht früh auf meine Fahne, mir alles selber erarbeiten zu wollen ohne auf fremde Unterstützung angewiesen zu sein. Selbst nicht auf die meines Vaters. Ab und an besuchte ich ihn schon mal im Ballhaus. Seiner Frau sagte er immer nur,

ich sei eine gute Bekannte aus Franzensbad. Ihr gegenüber hatte er von seiner plötzlichen Vaterschaft nichts erwähnt. Schien ihm wohl etwas peinlich gewesen zu sein...

Außer den Näherinnen arbeitete bei Frau Faustmann eine Direktrice, heute würde man Designerin sagen. Sie hieß Frau Vaters und war ihrem ganzen Habitus nach eine wirkliche Künstlerin. Also eine schillernde Persönlichkeit mit sehr viel Sachverstand.

Da ich als Volontärin sehr wenig verdiente, fand meine Mutter eine Lösung, um mir finanziell etwas unter die Arme zu greifen, bevor sie Berlin wieder verließ. Sie besorgte mir erst einmal, über weitere Beziehungen, ein möbliertes Zimmer in der Rotenbergstraße. Darin befanden sich ein vergilbtes Gitterbett, ein Waschtisch, ein schmaler Kleiderschrank, ein Tisch, sowie zwei Stühle und kostete mich ganze 35,- Mark Miete. Aber egal, es war mein erstes eigenes zu Hause!

In Tschechien unterstützte meine Mutter eine alte, adlige Dame, die dort enteignet wurde. Im Gegenzug dafür schickte mir die in Westdeutschland lebende Verwandtschaft der Adligen, Geld über Frau Direktrice Vaters zu, die es mir dann gab. Mein Zimmer befand sich in Ostberlin, der Modesalon in Berlin West und meine Bezahlung bestand einerseits aus Ost- und andererseits aus Westgeld. Klingt nicht nur verwirrend, war es auch. Jedenfalls war mir so etwas geholfen und ich hatte mein Auskommen. Ich benötigte ja nicht viel zum Leben.

Frau Faustmann, die einen schwarzen Pudel besaß, der immer um sie herum war und eine kranke Mutter, die Pflege bedurfte, schloss mich sehr schnell in ihr Herz. So nahm sie mich oftmals mit zu Modenschauen oder zum Stoffeinkaufen ins KDW. Das durften natürlich die

Angestellten nicht wissen, die ohnehin schon eifersüchtig auf mich waren. Wenn sie dann noch gesehen hätten, dass wir uns, während der Arbeitszeit, zusammen im Kaffee Kranzler bei Kaffee und Kuchen vergnügten, wären sie gleich vor Neid zerplatzt. Auch die Direktrice lud mich ein paar Mal zu sich nach Hause oder gleichfalls zu Modenschauen und anderen Veranstaltungen ein. Bei ihr muss ich wohl ebenfalls einen guten Eindruck hinterlassen haben.

Ich erinnere mich immer wieder gern an eine sehr sympathische Stammkundin, die hin und wieder mit ihrem damals dreizehn Jahre alten Sohn Götz im Salon Faustmann vorbeischaute. Es war die Schauspielerin Berta Drews, die Witwe des großen Schauspielers Heinrich George, der leider im Juni 1945 nach einer Verleumdung verhaftet und vom sowjetischen Geheimdienst (NKWD) zuerst in Hohenschönhausen und dann im sowjetischen Speziallager Nr. 7 Sachsenhausen interniert wurde. Dort starb er ein Jahr später im Alter von 52 Jahren, vermutlich an den Folgen der schlechten Lagerbedingungen. In der sowjetischen Gefangenschaft schrieb Heinrich George das folgende Gedicht, das ich mir aufschrieb und welches mich immer wieder tief bewegt.

Wenn ich einmal frei sein werde
frag' ich mich, wie wird das sein?
Ich grab tief in deine Erde,
mein Heimatland, die Hände ein.

Ich geh einsam durch die Straßen,
ganz still als wie im Traum;
ich kann die Freiheit nicht erfassen,
mein Kopf lehnt still an einem Baum.

Und wenn mich jemand fragen sollte,
wo ich so lang gewesen bin -
so werde ich verhalten sagen:
"Ich war in Gottes Mühlen drin."

Ich sah die Müller Spuren malen
den Menschen tief in's Angesicht
und musste mit dem Herzblut zahlen,
wie sonst in meinem Leben nicht.

Wenn ich einmal frei sein werde,
frag ich mich, was mir noch blieb?
Dich, meine deutsche Heimaterde,
Dich habe ich von Herzen lieb!

Die Mutter des heute überaus bekannten Schauspielers, Götz George, ließ damals einen Kamelhaarmantel anfertigen, der innen mit feinem Pelz gefüttert war.
Ich sehe ihn noch vor mir. - Ein wundervolles Stück! -
Von der Familie George und deren schauspielerischen Leistungen war und bin ich noch heute ein stiller Bewunderer.

Wäre nicht dieses spannungsgeladene Arbeitsklima gewesen, welches durch die Angestellten geschürt wurde, hätte mir das alles viel mehr Spaß bereitet. In diesem Metier wäre ich so richtig aufgeblüht. Aber leider ist „Mobbing" keine Erfindung des 21. Jahrhunderts,

sondern gleichermaßen schon damals eine wirksame Methode gewesen, um sich unliebsamer Kollegen zu entledigen. Durch die Einführung von Maschinen aus den USA zur Herstellung von Konfektionskleidung wurde die Kleidung damals in Deutschland billiger.
Maßanfertigungen ließen nur noch die „Geldleute" machen. Unter den Kolleginnen im Salon machte sich deshalb die Angst vor Entlassungen breit und das Arbeitsklima wurde immer schärfer. Sie wälzten sämtliche Hilfsarbeiten nur noch auf mich ab, so dass mir keine Möglichkeit blieb, mir weitere Fähigkeiten anzueignen. Da ich den Frauen schon immer ein Dorn im Auge und den Eifersüchteleien nebst dem ganzen Stress einfach nicht mehr gewachsen war, bekam ich, sehr wahrscheinlich durch diese Umstände bedingt, ein starkes endogenes Hautekzem. Mit diesem juckenden, unwillkommenen „Freund" zog ich dann erst einmal in die Hautklinik des Virchow Krankenhauses ein. Dabei sehnte ich mich doch eher nach einem richtigen Freund. Wie gern hätte ich gerade zu dieser Zeit jemanden gehabt, mit dem ich über meine Probleme reden konnte. Aber ein zärtlicher, verständnisvoller Mann, der
obendrein ein guter Zuhörer ist und an dessen Schultern ich mich anlehnen und auch einmal ausweinen konnte, war noch sehr weit entfernt. Ich wusste, irgendwo wird es ihn hier in Berlin geben, aber wann würde ich ihm endlich begegnen?
Als ich meiner Mutter in einem Brief mitteilte, dass ich im Krankenhaus liege und das Arbeitsklima im Salon für mich immer schwieriger wurde, kam sie erneut nach Berlin. Sie sprach mit Tante Lissi über meine Probleme im Salon, die dagegen aber machtlos war, denn sie konnte keiner Mitarbeiterin nachweisliches „Mobbing"

vorwerfen. Nun wandte sich meine Mutter in einem Schreiben an die Leitung der HO (Handelsorganisation)in Berlin Ost und stellte für mich wiederum die Weichen auf „Neubeginn". Das muss ich ihr lassen, auf Grund ihrer sehr guten Internatsausbildung, war sie im Umgang mit Menschen und gerade mit denen, die etwas darstellten bzw. darstellen wollten, unschlagbar. In Karlshorst wurde ein neues Kaufhaus der HO eröffnet, wo ich als Verkäuferin in der Konfektionsabteilung anfangen durfte. Dort stellte ich mich sehr geschickt an. Aber Konfektionsbekleidung ist eben nicht gleich maßgeschneidert...

Das musste selbst eine Schriftstellerin feststellen, die ein neues „Outfit" für einen bestimmten Anlass suchte, an den ich mich aber nicht mehr erinnern kann. Ich beriet sie ausgiebig, steckte die Kleider, für die sie sich entschied, so ab, dass sie ihr richtig passten und schneiderte ihr die Sachen an unserer Nähmaschine im Geschäft noch am selben Abend quasi auf den Leib. Diese Kundin war so zufrieden mit mir, dass sie einen großen Kommentar über mich ins Kundenbuch schrieb.

So dauerte es nicht lange und ich wurde zur 1.Verkäuferin und kurz darauf sogar zur Leiterin der Konfektionsabteilung ernannt. Mein Fleiß und meine Freude an der Arbeit zahlte sich endlich aus. Hinzu kam, dass ich den Dekorateur unserer Schaufenster von meinen Ideen, die alle dem Standard des westlichen Berlins entsprachen, begeistern konnte. Der setzte sie prompt zu meiner Zufriedenheit um, was sich sogleich im Umsatz bemerkbar machte.

Ich hatte unter anderem eine sehr liebenswerte Kollegin, die ich nur „Feli" nannte. Ihr niedliches Gesicht, aus dem dunkelbraune Rehaugen schauten, umrahmte langes, schwarzes, fast blauschwarz glänzendes Haar. Sie war immer braun gebrannt, verfügte über eine seidig, glatte

Ein Kollege und ich bei einer Sonderverkaufsaktion der HO

Haut und einen makellosen Teint. Um es kurz zu sagen, sie war einfach bildhübsch. Dazu war sie von Mutter Natur noch mit langen Beinen und einer wunderbaren Figur ausgestattet. Kein Wunder, dass sie nebenberuflich als Model arbeitete und bei vielen Modenschauen über den Laufsteg lief. An ihr hätte Heidi Klum bestimmt ihre wahre Freude gehabt. Ihr einziger Makel war, dass sie ständig unter furchtbaren Zahnschmerzen litt. So viele Zähne, wie ihr in der ganzen Zeit geschmerzt haben, hat kein Mensch! Immer, wenn sie für eine Modenschau engagiert war, band sie sich ein Tuch um ihr Gesicht, schummelte eine dicke Backe hinein und jammerte so kläglich, dass alle Kolleginnen dafür waren, sie nach Hause zu schicken.

Eine Modenschau, die ich mit Feli besuchte

Einmal hatte sie Karten für eine Modenschau besorgt und mich dazu eingeladen. Diese fand im „Haus Vaterland", einem Gebäude, welches noch inmitten von Ruinen stand, statt. Darin befanden sich mehrere Gaststätten. Es war eine gelungene Veranstaltung, bei der ich bemerkte, dass mich ständig ein älterer, gutaussehender Herr beobachtete und mir zulächelte.

Im Anschluss ging ich mit Feli noch in das Kaffee Nord, einem Tanzlokal. Auch dort sah ich wieder diesen netten Herrn von der Modenschau, der nach anfänglichem Zögern doch noch auf mich zu kam und mich zum Tanzen aufforderte.

Zum ersten Mal bemerkte ich das berühmte „Kribbeln im Bauch", welches mir so lange versagt blieb.

Da war er nun endlich! Der, von dem ich lange schon träumte und von dem ich wusste, dass es ihn irgendwo in Berlin gäbe. Er hieß Günther und war stellvertretender Minister für Technik. Von Stund an war ich zum ersten Mal so richtig verliebt und es war herrlich! Mit dem 15 Jahre älteren Günther, Feli und ihrem Freund, er war beim Rundfunk, habe ich dann sehr oft meine Freizeit verbracht, wobei wir immer viel Spaß und Freude hatten.

Von Karlshorst wurde ich später innerbetrieblich in ein Konfektionsgeschäft, das in der Proskauer Straße lag, versetzt, um den Verkauf dort anzukurbeln, denn meine Vorgesetzten hatten mein Verkaufstalent erkannt.

Von dort aus startete ich meine selbst organisierten Modenschauen. Alles, was ich in den Jahren bei Tante Lissi gelernt hatte, machte sich plötzlich bezahlt. So organisierte ich zum Beispiel eine Modenschau auf der Trabrennbahn, der eine Hundeschau voran ging. Die Leute waren beeindruckt und die HO-Leitung war es von den folgenden Umsatzzahlen.

Links bin ich selbst bei einer eigenen Modenschau und rechts in einem Modellkleid, das ich mir gekauft hatte

Als dieses Geschäft nun gut lief, wurde ich in Pankow als Verkaufsstellenleiterin für Unterwäsche und Kurzwaren eingesetzt. Ich war verantwortlich für den Einkauf auf Messen und in den Herstellerbetrieben. Warme Unterwäsche war gegenwärtig bei uns im Osten eine enorme Mangelware. Der Westen hingegen wurde bestens durch unsere Betriebe versorgt.

Mein Bestreben war es, wenigstens die eventuelle Überproduktion für Berlin einzukaufen.

Das Problem in der DDR, die einstweilen schon, wie auch die BRD als eigenständiger Staat herrschte und regierte, war, dass die volkseigenen Betriebe zwar das Material besaßen, aber mit der Produktion nicht hinterher kamen. Die kleinen privaten Betriebe, wie zum Beispiel im ehemaligen Karl-Marx-Stadt (heute Chemnitz) hätten gern Aufträge angenommen, konnten es aber nicht, da sie kein Material bekamen. Somit gab es auch keine Überproduktion, die ich hätte einkaufen können. Da muss sich etwas tun, dachte ich mir arglos
ohne über gewisse Konsequenzen nachzudenken. Eine Kundin von mir, mit der ich mich über diese Missstände unterhalten habe, war Journalistin. Sie war sofort bereit, die Bevölkerung darüber zu informieren und die Politiker wach zu rütteln. Wir gaben dem Artikel den passenden Namen: „Warme Wäsche, kalte Mienen". Kurz nach seiner Veröffentlichung bekam ich Besuch von zwei „netten" Herren in langen Ledermänteln, die sich bezüglich ihrer warmen Wäsche bestimmt keine Gedanken machen brauchten. Sie wollten mich verhaften und mir war plötzlich klar
geworden, dass ich aus einer Diktatur kommend in der nächsten gelandet war...
Mir wurde heiß und kalt bei dem Gedanken eingesperrt zu werden und ich informierte unverzüglich meine Direktorin (sie war Jüdin), von diesem entsetzlichen Vorfall. Sie setzte sich für mich ein und erreichte, dass man mich in Ruhe ließ. Dies sollte aber nicht meine letzte Begegnung mit der Stasi gewesen sein. Über den Verbleib der Journalistin konnte mir keiner meiner Bekannten Auskunft geben. Ich habe sie seit dem nie wieder gesehen.

Inzwischen hatte der damalige Generalsekretär, Walter Ulbricht, auf der II. Parteikonferenz der SED im Juli 1952, unter großem Beifall der Delegierten, den Aufbau des Sozialismus verkündet. Die Folgen dieser beschleunigten „Sowjetisierung" der DDR waren eine schwere Ernährungskrise und ein Rückgang der industriellen Produktion. Viele Bewohner der DDR reagierten daraufhin mit Protesten oder "Republikflucht", wie es die SED formulierte. Eine tiefgreifende wirtschaftliche, politische und gesellschaftliche Krise in unserem Land war unübersehbar und allgegenwärtig.

So kam es dann auch am 17. Juni 1953, ich war wieder einmal mit Günther, Feli und ihrem Freund auf Landpartie, wo wir das Berliner Umland erkundeten, zu einem Aufstand in unserem noch jungen, neuen Land. Neben Berlin waren hierbei über 400 Orte und rund 600 Betriebe in der ganzen DDR vereinigt. Landesweit waren wohl mehr als eine halbe Millionen Menschen an diesem Aufstand beteiligt. Die sowjetischen Stadtkommandanten verhängen in vielen Städten und Landkreisen den Ausnahmezustand. Es war ein blutiges Aufbäumen einer geschundenen Gesellschaft, welches von der sowjetischen Armee und der Volkspolizei gewaltsam niedergeschmettert wurde. Die SED bezeichnete diesen Aufstand als "faschistischen Putschversuch" und verhaftet Tausende "Rädelsführer" und "Provokateure".

Günther, der durch seine Arbeit im Ministerium über die ganzen Missstände Bescheid wusste, und der sich politisch überhaupt nicht mit der Ideologie dieser Regierung identifizieren konnte, klärte uns auf und erzählte uns dass dieser Aufstand berechtigt gewesen sei. Er beschloss auf Grund seiner Gewissenskonflikte unverzüglich in den Westen zu flüchten.

Ein Freund von ihm hatte in Westberlin ein Rundfunkgeschäft. Er stellte ihn ein und bei ihm konnte er vorerst unterkommen. Ich besuchte ihn dort so oft es ging.

Eines Tages stand ich am U-Bahnhof Alexanderplatz, als mich erneut zwei Herren ansprachen und mich in ihr Auto zerrten. Sie fuhren mich erst quer durch Weißensee und hielten dann vor dem Polizeigebäude am Sehnefelder Platz, in dem sich unten die Polizei und oben die Stasi befand. Dort begann für mich ein endlos scheinendes Verhör. Die Leute wussten haargenau, wann ich an welchem Tag aus meiner Wohnung kam, wohin ich ging, welche Kleidung ich trug, ob ich geschminkt war oder nicht, was ich gegessen hatte, mit wem ich mich traf und sogar worüber wir sprachen. Es war einfach nur beängstigend. Wie können sich Menschen so etwas anmaßen? Ich habe mal einen Spruch gehört, der da lautet: „Die Würde des Menschen ist unantastbar". Davon hatten diese Leute anscheinend noch nie gehört. Sie legten mir nahe, dass ich Günther aus Westberlin zurückholen solle. Ich, als seine Freundin würde es schaffen können...

Man versprach mir, da die Herren sich mit meiner Mietsituation (möbliertes Zimmer) ja bestens auskannten, bei Erfolg eine eigene neue Wohnung.

Als man mich dann wieder auf freien Fuß setzte und ich Günther am nächsten Tag besuchte, sagte er mir:

„Wir müssen unsere Beziehung, schon allein zu Deiner Sicherheit, beenden. Es hat keinen Zweck weiterhin zusammen zu bleiben. Ich werde nie wieder zurück gehen. Weißt Du, was mir da blühen würde? Und wer weiß, was die mit Dir sonst noch alles anstellen werden?

Sag ihnen einfach, weil ich nicht mit zurück wollte, hast Du Dich von mir getrennt."

Der Abschied fiel uns zwar unsagbar schwer, aber ich musste einsehen, dass es für beide das Beste war.

Das Ministerium für Staatssicherheit der DDR, kurz MfS und umgangssprachlich Stasi genannt, war die Ermittlungsbehörde der DDR. Sie verfügte sowohl über einen Inlands- als auch einen Auslandsgeheimdienst.

Das MfS war vor allen Dingen ein innenpolitisches Unterdrückungs- und Überwachungsinstrument der SED, das dem Machterhalt dienen sollte und deren Aufgabe es war, massive Überwachung und Einschüchterung auf die Bevölkerung auszuüben. Dabei schreckten sie auch vor Terror und Folter gegen Oppositionelle und Regimekritiker nicht zurück, wie man in etwa bei „wikipedia" lesen kann. Die SED bezeichnete die Stasi auch noch als „Schild und Schwert der Partei". - Na das sagt doch wohl alles aus, oder? -

Nachdem Günther mich über diese ungewöhnlich „nette Gesellschaft", in der ich mich plötzlich unweigerlich befand, so umfangreich aufgeklärt hatte, war mir klar, dass ich in eine Maschinerie geraten war, die mir noch lange Kopfzerbrechen bereiten würde. Von der Zeit an hatte ich ständig das Gefühl, auf Schritt und Tritt verfolgt und beobachtet zu werden. In meiner Wohnung hielt ich mich nur noch zum Schlafen auf, weil ich befürchtete, dort abgehört zu werden. Eine innere Unruhe und Angst machte sich in mir breit. Dazu kam noch die Angst um Günther. War er wirklich in Sicherheit? Er fehlte mir sehr, denn er gab mir so ein beruhigendes Gefühl der Geborgenheit. Ich fühlte mich einfach nur noch leer und einsam.

Aber wie heißt es so schön? „Stürze dich in die Arbeit, denn das lenkt ab!" oder „Zeit heilt alle Wunden...". Und somit konzentrierte ich mich, zur Freude meiner Direktorin, wieder voll und ganz auf meine Arbeit.

Diese bekam den Auftrag, das erste Kosmetikgeschäft in Ostberlin zu eröffnen und damit beauftragte sie natürlich mich. Ich hatte Anfangs überhaupt kein Interesse daran, aber in mir war da so ein gewisser Reiz, etwas Neues in Angriff zu nehmen. Also sagte ich nach anfänglichem Zögern doch „ja". Dieses „Ja- sagen" muss mir im Laufe der Jahre als bleibender Sprachfehler unter gekommen sein, denn ich quälte mich immer sehr, ein „Nein" über meine Lippen zu bringen. Da waren nun die leeren Geschäftsräume, aber wie richte ich ein Kosmetikgeschäft ein? Ich orientierte mich wieder einmal an dem westlichen Standard, in dem ich sämtliche Kosmetikläden in Westberlin abklapperte und „mit den Augen beklaute". Wie gesehen, setzte ich dann den „geistigen Diebstahl" in die Tat um, wobei mir diverse Vertreter, die mich mit den verschiedensten Kosmetika belieferten, mit Rat und Tat zur Seite standen. Das nötige Fachwissen über einzelne Produkte eignete ich mir in verschiedenen Produktionsstätten an, die ich besuchte. Ganz in der Nähe befand sich ein Wochenmarkt und ein Gemüsegeschäft. Mit der Gemüseverkäuferin, die ich sehr mochte, unterhielt ich mich über mein neues Vorhaben. Sie war sofort „Feuer und Flamme", brannte quasi schon vor Begeisterung, und ich bemerkte, dass sie für mein neues Projekt die Richtige war. Ihr Mann, ein Diplomat, sprach perfekt französisch, wovon bei ihr scheinbar eine Menge beim Zuhören hängen geblieben war. Sie sagte immer: „Was man so nicht verkauft bekommt, verkauft man eben auf französisch." Und das machte sie dann bestens in meinem neuen Geschäft, denn ich stellte sie sofort bei mir ein. Da es damals viele französische Produkte gab, bevor der „eiserne Vorhang" fiel, war sie voll in ihrem Element. Wenn sie dann auch noch vor Begeisterung anfing, französisch zu sprechen, was sich ja wirklich bezaubernd anhörte, waren die Kunden gleich ganz Ohr. Das machte sich immer mehr in der Kasse bemerkbar. Einmal abgesehen davon, dass in der Umgebung viele Politiker wohnten, deren Frauen häufiger zu uns in den Laden kamen und oft Kosmetik als Gastgeschenke für ihre vielen Gäste einkauften. Man eröffnete zu jener Zeit zwar weitere Kosmetikverkaufsstellen im Ostteil Berlins, aber keine von ihnen brachte so viel Umsatz, wie meine. Deshalb wurde ich mal wieder ausgezeichnet und mein Geschäft als bestes Kosmetikgeschäft Ostberlins gekürt, was sich natürlich auch für meine Mitarbeiter bezahlt machte.

So eröffnete ich noch so einige neue Geschäfte und kurbelte auf meine Art die Wirtschaft in Ostberlin etwas mit an.

Bei einer HO-Feier mit Kollegen

Neben der ganzen Arbeit fand ich sogar manchmal Zeit, Tante Bertha zu besuchen. Es war zwar selten, aber dafür immer um so herzlicher. Sie blieb bis zu ihrem Tod in der Einzimmerwohnung mit Küche, die wir anfangs zusammen bewohnten, in der Grunowstraße. Bei ihr erfuhr ich so manche Neuigkeiten, so auch, dass Gärtner Grunow, bei dem wir nach unserer Flucht wohnten und arbeiteten, verhaftet wurde. Man hat ihn beim Schmuggeln von Kaviar und Schmuck erwischt. Er fuhr immer mit einem Dreiradauto, auf dem er sein Gemüse nach Westberlin transportierte. Unter dem Gemüse versteckte er seine Schmuggelwaren. Er kam für ein Jahr in Haft und wurde enteignet.

Bei Tante Bertha lernte ich 1954 auch einen netten Mann Mann, der von Beruf Setzmaschinenmonteur war, kennen. Er hieß Horst und gefiel mir recht gut. Nach einem Jahr „beschnuppern" entschlossen wir uns dann zu heiraten. Wiederum ein Jahr später erblickte unser „Liebesprodukt" Stefan das Licht der Welt. Meine Direktorin ließ ihre guten Beziehungen spielen und beschaffte uns eine Neubauwohnung, die in einem entkernten und neu ausgebauten Wohnhaus lag. Es waren zwei Zimmer Bad und Küche. Das Glück war perfekt. Stefan entwickelte sich prächtig. Er war ein lebhafter und kerngesunder Bursche, der uns viel Spaß bereitete. Als ich nach dem Babyjahr wieder arbeiten ging, kam meine Direktorin eines Tages zu mir und sagte, dass ich ein Fahrradgeschäft eröffnen sollte. Nun bekam ich endlich einmal das, in meinem Wortschatz lang gesuchte, „Nein!" über die Lippen. Was ein Kind doch alles so bewirken kann...? „Dazu suchen Sie sich doch bitte einen Mann aus, denn im technischen Bereich bin ich eine Niete.", sagte ich prompt zu ihr. Sie akzeptierte das, aber drückte mir im selben Atemzug nebenbei noch den neuen Weihnachtsmarkt am Schlossplatz in Berlin Mitte aufs Auge.

Nun waren wir eine richtige, kleine und glückliche Familie. Eigentlich das, wonach ich mich immer gesehnt hatte...

In einem alten Zirkuswagen richtete ich mir mein Büro ein. Ich musste für die Verkäufer, die dort ihre Stände hatten, den Wareneinkauf beim Großhandel tätigen. So durfte ich in einer Zeit, in der es an allem Möglichen mangelte, Textilien, Lederwaren, Spielsachen und kunstgewerbliche Artikel beschaffen, um den Weihnachtsmarkt einigermaßen attraktiv zu gestalten. Das war natürlich keine leichte Aufgabe. Ein Großhandel wurde aus der Not heraus in einer alten, zerstörten Brauerei eingerichtet. Davon abgesehen, dass die früheren Winter noch etwas kälter waren als heute, bibberte ich in diesen eiskalten Hallen besonders dolle. Die Großhändler klapperte ich immer gleich am frühen Morgen, nur zu Fuß und mit der Straßenbahn, quer durch Berlin ab. Ich weiß nicht, wie ich das alles geschafft habe, aber selbst die Weihnachtsmärkte waren immer von Erfolg gekrönt. Abends brachte ich die Einnahmen stets in Polizeibegleitung zur Sparkasse. Neben den diversen Verkaufsständen waren da ferner verschiedene Fahrgeschäfte und Imbissbuden.

Für die damaligen Verhältnisse waren diese Weihnachtsmärkte, die ich von 1959 bis 1963 versorgte, recht ordentlich.

Im Dezember 1963 erhielt ich dann von meinem Vater eine Postkarte, auf der stand, dass er und Clärchen krank seien und ich sie bitte besuchen solle.

Vater und Clärchen

Als ich dort hin kam, waren beide sehr stark Grippegeschwächt und nicht mehr in der Lage, den bevorstehenden Silvesterball auszurichten.

Clärchen, für die ich immer noch als Bekannte meines Vaters aus Franzensbad galt, hatte in vorherigen Treffen mit Vater aus meinen Gesprächen erfahren, was ich so machte und welche Erfolge ich bei der HO erzielte. Das beeindruckte sie, weil sie fleißige Menschen, die sich wie sie selbst, von ganz unten emporgearbeitet hatten, hoch schätzte. Sie war die Tochter eines Schäfers, die ihre Schularbeiten beim Hüten der Schafe im Straßengraben erledigen musste und kam aus armen Verhältnissen. Nur durch Fleiß und harte Arbeit hatte sie das alles erreicht, was sie besaß. Jedenfalls hatten sich die beiden ausgedacht, dass ich doch ihren Silvesterball ausrichten könnte, denn mir vertrauten sie. Ich war mir der hohen Ehre bewusst und wollte keinen der beiden vor den Kopf stoßen, dal ich mich für die Gastronomie nun rein gar nicht interessierte. Aber Dank meines Sprachfehlers konnte ich einfach nicht anders und willigte ein. Sie taten mir ganz einfach leid. Nachdem sie mich kurz eingewiesen hatten, fiel ich auch gleich ins kalte Wasser. Trotz meiner Arbeit auf dem Weihnachtsmarkt, wo ich bis 19.00 Uhr am Abend zu tun hatte, brachte ich den Silvesterball mit den über zwanzig Kellnern bestens über die Bühne. Über vierhundert zufriedene Gäste, die sich köstlich amüsierten. Es war zur Freude der beiden ein Riesen Erfolg.

Weil meine Direktorin, die zum Silvesterball als „mein" Gast bei Clärchen verweilte, mich sehr mochte und begeistert von meinem allgemeinen Schaffen war, schlug sie mir einen anderen Direktorenposten innerhalb der HO vor, den ich aber dankend ablehnte. Ich sagte: „Mit meinen nicht einmal acht Klassen, die ich besucht habe, kann ich unmöglich so einen Posten annehmen." Darauf antwortete sie: „Mit einer guten Chefsekretärin an ihrer Seite schaffen sie das schon." Aber ich blieb dabei. Ich wollte nicht, übertrieben gesagt, in einem Büro sitzend warten, bis ich Feierabend habe, sondern auch unter das Volk und mit Menschen arbeiten. Das machte mir Spaß und in dieser Arbeit konnte ich mich voll entfalten.

Jeu de Paume im 17. Jahrhundert

3. Kapitel

Clärchen`s Ballhaus - Wie es begann

Zu Kaiserzeiten gab es in Berlin sowohl „Ballhäuser" als auch **„Ballhäuser"**, welche außerdem **„Ballspielhäuser"** genannt wurden. Nur fanden in Letzterem keine Tanzveranstaltungen oder Bälle statt, sondern man spielte in den quaderförmigen, großen Sälen der Häuser „*Jeu de Paume*". Das war ein Vorläufer des heutigen Tennis, wobei auch wie beim Squash, die Wände mit einbezogen wurden. Dieses Spiel war vor allem an fürstlichen Höfen sehr beliebt. Die ersten Ballspielhäuser entstanden im späten 15. Jahrhundert in Italien und wurden als „*Sala della Balla*" bezeichnet. In Deutschland hingegen wurden die ersten Ballhäuser erst im 16. bis 17. Jahrhundert gebaut.

Als Kaiser Wilhelm I. 1869 die Gewerbefreiheit einführte, erleichterte dies auch die Gründung von Theatern. Dadurch kam es zu einem regelrechten Theaterboom und Berlin begann seinen Aufstieg zur wichtigsten deutschen Theaterstadt. So wurden eben aus manchen einstigen „Ballspielhäusern" auf Grund ihrer Quaderform Theater.

Aber was das Haus in der Auguststraße 24/25 betrifft, war es erst der Gastronom Fritz Bühler, der aus diesem mit der feierlichen Eröffnung am Samstag, dem 13. September 1913, „Bühler´s Ballhaus" machte, in das man zum Tanzen bzw. zum „Schwoofen" ging. Zu der Zeit war Clara Mixdorf, wie Clärchen gebürtig hieß, noch für zwei Jahre im Dienst bei Fritz Bühler, ehe der sie zur Frau nahm und das Geschäft gemeinsam mit ihr leitete.

Wie sich einst schon Heinrich Zille in Bühler´s Ballhaus im unteren großen Saal unter das einfache Volk mischte, das sich zu den damaligen Gassenhauern blendend amüsierte, und sich mit einer frisch gezapften, kühlen Molle und Zigarre in seinem Mundwinkel nieder lies, um dort seine Studien und Skizzen zu machen, so war auch Alfred Döblin dort Stammgast und ließ hier später den

Romanhelden Franz Biberkopf in seinem weltbekannten Großstadtroman „Berlin Alexanderplatz", der 1929 erschien, einarmig tanzen. **Zitat:** *Sie ziehen ihren alten Trott zum Alex herunter, ein bisschen durch die Gipsstraße, wo Franz ihn* (seinen Freund Meck) *zum alten Ballhaus führt: „Det ist renoviert, da kannste mir tanzen sehen und an der Bar".*

Bühlers Ballhaus

Det war sein Milljöh

Clärchen´s Ballhaus zog mit seinem speziellen Reiz immer wieder Künstler und andere prominente Leute ihrer Zeit in seinen Bann, die dieses vornehmliche Ambiente schätzten und es genossen. Regelmäßig hieß es dort: „Clärchen´s Ballhaus – Hochbetrieb" und die Leute kamen in Scharen, um sich dort zum Schwoof, wie es die Berliner so nett formulierten, zu vergnügen. Das machte eben unter anderem diesen besonderen, unverwechselbaren Berliner Charme und die gewisse Berliner Luft aus. Im oberen, kleinen und prunkvoll im wilhelminischen Stil eingerichteten Spiegelsaal hingegen, war das Publikum ein erlesener Kreis.

Plakat von unserem Stammkunden Otto Dix

Dieser bestand vorrangig aus Gewerbetreibenden, Politikern, Ärzten und Beamten. Denn nur sie hatten auch das nötige „Kleingeld", um sich mit Champagner und anderen Köstlichkeiten vergnügen zu können. So erschienen dort die Herren der Schöpfung in ihrem schnittigen Smoking und die Damen in ihren besten Kleidern. Auf diese „Zweiklassengesellschaft" ging Fritz Bühler schon bewusst mit seinem Konzept des Ballhauses ein und sorgte somit für reichlichen Umsatz. Er bewohnte mit Clärchen und seiner Tochter Margarete damals die komplette obere Etage des Hauses, wobei das Dienstpersonal dort auch ihre eigenen Zimmer hatte. Ihre Tochter wurde Montags von einem eigenen Chauffeur nach Potsdam in ein Internat, welches sie dort besuchte, gebracht und Freitags wieder abgeholt.

Fritz Bühler mit Frau Clara und Tochter Margarete

Gäste in Bühler´s Ballhaus

Clärchen und mein Vater mit ihrem Buick
1925 vor ihrer Villa in Hessenwinkel
- Fomontag -

In Hessenwinkel, direkt an der Spree gelegen, besaßen sie eine Villa, die ihnen als Wochenendhaus diente.

Sie hatten es schon zu einem beachtlichen Wohlstand gebracht. Daraus resultierte, dass Clärchen zu einer der ersten Autofahrerinnen Berlins wurde. Als fahrbarer Untersatz diente seinerzeit ein herrlicher Buick Sedan.

Nach Ausbruch des ersten Weltkriegs blieb die männliche Kundschaft immer mehr aus. So hielt sich Clärchen über Wasser, in dem sie den Spiegelsaal, ohne lange nachzudenken, an Studenten vermietete.

Es handelte sich hierbei um Studentenverbindungen (Burschenschaften), die dort ihre *Mensur* (lateinisch *mensura*, „Abmessung") ausfochten. Solch eine Mensur ist ein traditioneller Fechtkampf zwischen Mitgliedern jeweils verschiedener Studentenverbindungen mit scharfen Waffen und wurde nach strengen Regeln geführt. Der zeitgenössische Maler, Zeichner und Illustrator Georg Mühlberg, der von 1863 bis 1925 lebte, stellte das studentische Treiben gern in seinen Illustrationen dar.

Da die Studenten bei ihren Mensuren meist nur wenig geschützt waren, fügten sie sich des öfteren die so genannten „Schmisse" im Gesicht zu. Weil diese verwegenen Kampfspiele streng verboten waren, musste Clärchen ständig auf der Hut vor der Polizei sein. Immer wenn die Ordnungshüter nahten, entfernte sie rasch die Dachpappe, die sie auf dem Parkett auslegte, damit es nicht vom Blut der Haudegen verunreinigt wurde.

Zeitgenössische Darstellungen von Georg Mühlberg

Als Fritz Bühler am 09.02.1929 im Alter von 67 Jahren starb, führte Clärchen das Ballhaus bis zu ihrer Ehe mit Arthur Habermann (meinem Vater), einem Hotelier aus Franzensbad (heute Tschechoslowakei), allein weiter. Fritz Bühler fiel also nicht, wie es schon oft fälschlicher Weise in irgendwelchen veröffentlichten Artikeln hieß, im ersten Weltkrieg und starb demzufolge auch keinen einsamen Soldatentod.

Mein Vater, der das Hotel seiner Eltern in Franzensbad übernommen hatte, lernte Clärchen kennen, als sie dort nach dem Tod ihres Mannes zur Kur verweilte.
Damals gehörte Franzensbad noch zu Österreich und mein Vater war daselbst im 1.Weltkrieg Rittmeister bei der k.u.k Armee (kaiserliche und königliche Armee). Diese war bis 1867 das gemeinsame Heer Österreich-Ungarn und danach nur noch eine von insgesamt vier Teilstreitkräften der neuen Doppelmonarchie.

Wenn ich ihn auf den Fotos so betrachte, denke ich mir immer: „War doch ein schneidiges Kerlchen, dein Vater...". Sein Lieblingsmarsch war der Radetzkymarsch, ein Armeemarsch, der von Johann Strauss (Vater), zu Ehren von Feldmarschall Josef Wenzel Graf Radetzky von Radetz komponiert wurde. Jedes Mal, wenn irgendwo dieser Marsch ertönte, stand er stramm, wie eine eins. Das muss wohl damals alles in Fleisch und Blut übergegangen sein. Damit machten wir uns später auch ab und an mal unsere Späße.

Ich bewunderte meinen Vater sehr wegen seiner Geradlinigkeit, Exaktheit und wegen seines immer korrekten Auftretens.

Mein Vater

Man hatte den Anschein, dass ihm kein Fehler unterlaufen könne und er einfach nur perfekt wäre. Mängel oder einen Fehler konnte auch ich an ihm beim besten Willen nicht entdecken. Dazu kam noch, dass er außer deutsch auch noch fließend tschechisch, ungarisch, englisch, französisch und arabisch sprechen und schreiben konnte. Ich wäre froh gewesen, nur eine Fremdsprache wenigstens sprechen zu können. Leider beherrschen manche nicht einmal ihre Muttersprache. Aber das wundert mich heute reichlich wenig, denn wenn man sieht, wie alles am veramerikanisieren ist, kann einem übel werden. –

Während seiner Volontärzeit arbeitete er in einigen renommierten Hotels in Paris, London, Bratislava, Berlin, Arabien und verschiedenen anderen Orten, wo er beispielsweise als Personalchef oder Direktor tätig war. Vater verkaufte das Hotel seiner Eltern und ging mit Clärchen nach Berlin, wo er später sehr oft und gern ins Kaffee Kranzler auf dem Kudamm fuhr. Dort versuchte er nach Möglichkeit mit Menschen aus dem Ausland in Kontakt zu kommen, um seine Fremdsprachenkenntnisse zu pflegen und aufzufrischen. Das Flair einer Metropole, wie zum Beispiel Paris, fehlte ihm in Berlin Mitte doch sehr. Als Mann von Welt war er da wohl doch etwas Anderes gewohnt. Auch die Umstellung vom Hotel zum Ballhaus muss schon recht schwer für ihn gewesen sein. Aber wie heißt es so schön? „Wer liebt, lacht doch!" Und das tat er gern, denn er war trotz seiner preußischen Tugenden ein fröhlicher, lustiger und lebensbejahender Zeitgenosse.

Mein Vater während seiner Volontärzeit in Arabien

Das bemerkten auch Clärchen´s Gäste recht schnell, denn nachdem er sie heiratete und das Haus unter dem Namen „Clärchen´s Ballhaus" mit ihr gemeinsam führte, lief es noch besser als vorher.

Mein Vater mit Freunden

Mit Ausbruch des zweiten Weltkrieges ging dann alles, was sich Clärchen und auch Vater im Laufe der Jahre mühsam erarbeitet hatte, durch die massiven, zerstörerischen Bombenangriffe buchstäblich in Rauch und Asche auf. Das obere Stockwerk, welches sie bewohnten und das über den beiden Sälen lag, sowie das Vorder- und die beiden Seitenhäuser wurden durch die Luftangriffe völlig zerstört.

Während der Kriegsjahre zogen sie sich in ihre Villa nach Hessenwinkel zurück.
Ein Jahr vor Beendigung des zweiten Weltkrieges gaben die Nazis ein striktes Vergnügungsverbot heraus und

somit wurde das Ballhaus von hochrangigen Wehrmachtsoffizieren in Beschlag genommen, die dort ihre letzten strategischen Maßnahmen trafen. Sie hinterließen Unmengen an strategischen Stabs- und Heereskarten, die sich Clärchen, sparsam wie sie war, bei Seite legte und in der Nachkriegszeit als Tischdecken nutzte. „Die kluge Frau sorgt vor..." Waren diese dann als Tischdecken unbrauchbar geworden, schnitt sie sich die noch brauchbaren Stücken heraus, um darauf ihre Abrechnungen zu machen, da ja auch Papier sehr knapp war. Clärchen ließ eben nichts umkommen.

Als die russische Armee Berlin im Mai 1945 einnahm, tat sie das auch mit dem Ballhaus und belagerten dieses sogar mit ihren Pferden. Was die Nazis nicht ruinierten, zerstörte dann sie.

Nach ihrem späteren Auszug war der Rest des einst so noblen Hauses in einem völlig desolaten Zustand.

Clärchen und meinem Vater verblieb im obersten Stock, den sie zuvor bewohnten, gerade einmal eine kleine Küche mit Blick zum Krankenhaus, ein kleines Schlafzimmer und das Büro meines Vaters. Die anderen Zimmer des Obergeschosses waren nicht mehr betretbar. Auch der Spiegelsaal war teilweise zerstört und konnte nicht mehr genutzt werden, so dass er später nur noch als Fundus für Einrichtungsgegenstände, die dort auch notdürftig repariert wurden, diente. So wurde aus einem prunkvollen Saal eine Abstellkammer... In diesem kärglichen Zustand habe ich die Wohnung von den beiden kennen gelernt, denn nachdem sie 1946 enteignet und ihnen die Villa in Hessenwinkel entwendet wurde, wohnten sie dort bis zu ihrem Tod in einer Bescheidenheit, die ihres Gleichen sucht. Da sie von früh bis spät nur in ihrem Geschäft geackert haben und sich in ihrer Wohnung kaum aufhielten, störte sie das recht wenig. Sie arbeiteten wie besessen an der Renovierung des großen Saales, um ihre Existenz nicht ganz zu verlieren. In der Nachkriegszeit backte Clärchen Kuchen und zog somit, vorrangig Frauen, zum „Kaffeeklatsch" in den Saal, wo dann stets ein Stehgeiger spielte, um ihnen zu zeigen: „Hier passiert etwas und wir sind bestrebt, das Geschäft recht bald wieder zum Laufen zu bringen. Als sie dann den Saal wieder in Betrieb nahmen und mein Vater dafür die ersten Bierfässer mit dem Handwagen aus der Brauerei holte, waren die Leute glücklich, wieder eine Stätte zu haben, in der sie von ihren Alltagssorgen abschalten und ausspannen konnten. Anfänglich noch etwas knapp besucht, dauerte es aber nicht mehr lange, bis sich dort, wie einst vertraut, die Leute zuhauf in alter Berliner Manier zum Schwof einfanden. Eine kleine Kapelle spielte wieder die alten Gassenhauer, das Bier floss und die Stimmung wuchs.

Vater dirigierend bei einer Probe mit der neuen Kapelle und Clärchen hinten in der Bildmitte lauschend...

Vergessen waren da plötzlich die Verluste, die jeder Einzelne durch den katastrophalen Krieg zu beklagen hatte. Für Clärchen galt damals die Devise: „Kleine Preise, große Mengen" und mit diesem Konzept fuhr sie auch weiterhin gut, denn was nützen überteuerte Preise, wenn dann die Gäste ausbleiben, wie es heute leider vieler Orts der Fall ist.

4. Kapitel

Das Ballhaus zu meiner Zeit

Clärchen und mein Vater waren schon sehr betagt, als sie mich 1964 baten, bei ihnen als Geschäftsführerin anzufangen. Ich sagte ihnen, dass es doch gar nicht mein Metier sei und ich bei der HO vollkommen zufrieden wäre. Aber alle Versuche, den beiden ihre Schnapsidee wieder auszureden, scheiterten kläglich. Mein Mitleid mit ihnen, die sich doch mit ihrem Herzblut ein Lebenswerk geschaffen hatten, war einfach zu groß. Ich brachte es nicht übers Herz, weiterhin auf ein „Nein" zu beharren. Also kündigte ich schweren Herzens (genau so nahm meine Direktorin das auch auf) zum nächst möglichen Termin und übernahm die Geschäftsleitung bei ihnen.

Ihr Personal war Anfangs, so glaube ich, nicht sonderlich davon begeistert, dass quasi eine Fremde das Geschäft weiter leitete, aber da mussten sie halt durch.

Vater glücklich, dass ich als Geschäftsführer einstieg...

Eines Tages saß ich im Lager und machte eine kleine Bilanz, als Clärchen zu mir kam. Sie sagte wörtlich:
„Frau Wolff sein sie doch bitte mal ehrlich! Sind sie nicht die Tochter meines Mannes?" Ich war wie vom Blitz getroffen.
Leugnen brauchte ich gar nicht erst, denn man sah mir eine Lüge schon von 100 Metern Entfernung an. Aber Vater bloß stellen wollte ich ja auch nicht.
Sie sah mir an, dass sie mich mit dieser Frage voll aus der Fassung brachte. Ich lief rot an, war total zittrig und bekam kein Wort heraus. Da nahm sie mich in ihre Arme und sagte: „Willkommen daheim, meine liebe Tochter, denn von nun an bin ich deine Mutter." Ich war so sehr gerührt und überwältigt, dass ich bitterlich zu weinen anfing. Dann lagen wir uns, beide heulend, noch eine

Clärchen, als sie mich fragte... (Fotomontage)

ganze Weile lang in den Armen. Aber das tat gut. Endlich war ich eine Last los, die mich lange Zeit bedrückt hatte, denn ich bewunderte Clärchen und lernte sie als eine liebenswerte und herzensgute Frau kennen, bei der es mir wirklich schwer fiel, ihr diese Tatsache zu unterschlagen. Aber nun war es ja raus!

„Ach hättest du mir das doch schon viel eher erzählt, denn mit dir hätte ich ein vollkommen neues Clärchen in Westberlin aufgebaut. Ich hatte so viele Angebote von den verschiedensten Brauereien, aber niemanden, mit dem ich das durchgezogen hätte.", sagte sie noch mit weinerlicher Stimme. „Meine Tochter Margarete kann noch nicht einmal Kartoffeln schälen. Leider ist sie nicht zur Arbeit geboren und hat nur ihren Gesangsunterricht im Kopf." Sie nahm mich an die Hand und ging mit mir in den Saal zum Personal.

„Ich will euch hiermit meine Tochter Elfi vorstellen.", sagte sie zu deren Erstaunen. Die Belegschaft war erst einmal baff. Da kam auch Vater hinzu, der genau so perplex war. Dann setzten wir uns an den Stammtisch neben der Bar und feierten eine feucht, fröhliche Familienzusammenführung, zu der außerdem Margarete wenig später hinzu kam. „Grete du hast eine Schwester", rief Clärchen ihr freudentrunken zu, die erst einmal schaute, als hätte ihr jemand einen Hammer vor den Kopf geschlagen. Als ihr dann schließlich der ganze Sachverhalt erläutert wurde, schloss sie mich herzlich in die Arme und weinte vor Glück, wobei sie sagte: „Schon immer habe ich mir eine Schwester gewünscht." Obwohl ich nicht blutsverwandt mit Clärchen und ihrer Tochter war, hatten wir doch ein sehr gutes familiäres Verhältnis. Von dem Ballhaus wollte Grete allerdings nichts wissen, denn wie schon erwähnt, war sie, zwar liebenswert, aber zur Arbeit einfach nicht geeignet. Es mag ferner daran gelegen haben, dass ihre Eltern kaum Zeit für sie hatten und sie mit Kindermädchen und Internat aufwuchs. Was sie brauchte, bekam sie und daran muss sie sich wohl zu sehr gewöhnt haben.

Ihr Traum war es, eine große Sängerin zu werden. Diesen versuchte sie vergeblich mit Gesangsunterricht noch bis zu ihrem Tod in die Tat umzusetzen. Sie war verheiratet und hatte einen Sohn.

Nachdem ich schon zwei Jahre als Geschäftsführer bei Clärchen und meinem Vater angestellt war, beknieten mich die beiden, das Ballhaus zu übernehmen, weil sie aus Altersgründen schon lange nicht mehr in der Lage waren, es weiterzuführen.

Vater, Clärchen, Margarete und ein Gast

Ich versuchte sie zum Verkauf zu überreden, denn ich hätte jeder Zeit wieder bei der HO anfangen können. Alle Versuche, das Haus loszuwerden, waren gescheitert.

Der Staat, und damit der Konsum oder die HO, wollte das Gebäude nicht haben. Es an eine Privatperson zu verkaufen, verbot aber derselbe. Es konnte demzufolge nur im Familienbesitz bleiben. Also blieb mir nichts Anderes übrig, als ihnen den Vorschlag zu machen, das Geschäft von ihnen zu pachten, damit sie wenigstens noch ein paar Einkünfte daraus erzielen konnten, denn geschenkt haben wollte ich es auf keinen Fall.
Hätte ich vorher gewusst, wie sich nach der Wende alles entwickelt, wäre mir das gewiss nicht passiert. Somit wurde die monatliche Pacht auf 666,- Mark festgeschrieben.

Zu meiner Entlastung im Geschäft suchte ich mir dann einen Geschäftsführer und kam bei meiner Wahl auf den Großgärtner Grunow, der ja seiner Existenz beraubt und enteignet wurde. Dieser nahm den Posten dankend für ein Jahr an. Danach kam er mit der Bitte zu mir, kündigen zu wollen, da er sich im technischen Bereich wieder eine neue selbständige Existenz aufbauen wollte. Unter meinen Bekannten und Verwandten war niemand, der diesen Posten ausführen wollte. Auch mein Mann Horst war in seinem Beruf vollkommen zufrieden und wäre dafür absolut ungeeignet gewesen. Er wollte pünktlich seinen Feierabend genießen, so z.B. bei gutem Wetter campen, denn wir hatten uns einen kleinen Wohnwagen zugelegt, dessen Komfort er ausgiebig genoss. Und wenn er Abends mal zu Besuch ins Ballhaus kam, war er mir nie eine Hilfe, weil er es lieber vorzog, in Ruhe sein Bierchen zu schlürfen und wie ein Chef mit Zigarette im Anschlag durch den Saal zu stolzieren. Unsere Interessen gingen sehr weit auseinander. Er hatte das Arbeiten auch nicht gerade erfunden, obwohl er in seinem Job ein gefragter Mann war. Aber nebenbei noch etwas zu arbeiten, wäre ihm nie in den Sinn gekommen. Er war zwar ein liebenswerter Mann und Vater, aber auf Grund der doch so unterschiedlichen Interessen lebten wir uns schließlich auseinander. Horst bestand ganz einfach auf seinen geregelten Tagesablauf und war ein kleiner Paschatyp, wie es die meisten Männer in dieser Zeit waren. Ich hingegen musste morgens den Haushalt erledigen, mich um unseren Sohn kümmern, das Mittagessen kochen und abends, wenn er Feierabend hatte musste ich ins Geschäft, welches ich erst immer in den frühen Morgenstunden gegen 1.30 Uhr oder 2.00 Uhr wieder verlassen konnte. Wenn ich dann einmal die letzte Straßenbahn verpasste, durfte ich die Strecke von Mitte bis Pankow auch noch zu Fuß zurücklegen. Unsere Ehe fing an, unter diesen Umständen zu leiden. Leider fehlte ihm das nötige Verständnis für mich und meine Arbeit im Ballhaus. Mit seiner Unterstützung wäre aber vieles anders gelaufen. Ich konnte doch nicht das Lebenswerk meiner lieben Eltern, denn Clärchen war für mich einfach nur eine wirklich liebe Mutter, zerstören.

Die beiden waren schon fast 80 Jahre alt und hätten ein plötzliches Aufgeben meinerseits ganz einfach nicht verkraftet. Ich saß also in der Zwickmühle. So einigte ich mich mit meinem Mann, die Scheidung einzureichen. Wir wollten uns nicht gegenseitig das Leben schwer machen und trennten uns gütlich im beiderseitigen Einvernehmen. Der einzige Leidtragende an der ganzen Sache war unser Sohn Stefan. Er wurde bei der Scheidung meinem Exmann zugesprochen, weil er dort seine geordneten Verhältnisse hätte, wie der Richter sagte. Durch meine nächtliche Arbeit wäre das bei mir nicht der Fall, so derselbe. Da wir uns aber weiterhin gut verstanden und nicht im Bösen auseinander gingen, fanden wir eine gemeinsame Regelung, damit ich Stefan immer sah und ihm jederzeit die Mutter sein konnte, die er ja schließlich brauchte. Ich zog aus unserer gemeinsamen Wohnung und richtete mir bei Clärchen hinter dem Spiegelsaal ein kleines Zimmer ein. Es war zwar alles recht spärlich, aber niedlich und da ich es auch nur zum Schlafen brauchte, reichte es mir durchaus. Von zu Hause nahm ich nichts mit und hinterließ die Wohnung so, wie sie war. Ich wollte vermeiden, dass mein Sohn eine große Veränderung wahr nehmen musste. So oft es mir möglich war, bin ich zu ihm gefahren und habe mich um ihn gekümmert. Bis auf die Tatsache, dass ich von Horst geschieden war und ich nicht mehr dort schlief, hat sich für Stefan nicht viel geändert.

Morgens habe ich immer erst mit Clärchen und meinem Vater in ihrer bescheidenen Küche gefrühstückt und etwas herumgeklönt, bevor ich mich um die Abrechnung und die Warenbestellung kümmerte. Nachdem Herr Grunow als Geschäftsführer gekündigt hatte, brauchte ich schnellst möglich einen kompetenten Ersatz. Durch eine sehr liebe Stammkundin, die jede Woche mit ihrer Freundin zu mir ins Geschäft kam erfuhr ich, dass ihr Sohn dringend einen Nebenjob suchte.

Sie sagte mir: „Er sei Sportlehrer an einer Berufsschule in Treptow und geschieden. Seine Frau ist mit ihrer gemeinsamen Tochter Elke ausgezogen. Nun hat er die Wohnung und den Trabbi, für den er abzahlen muss und sein Gehalt reicht dafür nicht aus." Daraufhin bat ich sie, ihm auszurichten, dass er sich am nächsten Tag vorstellen möchte.

Mein neuer Geschäftsführer (2.v.li.) mit mir und zwei Kellnern

Als der Herr Schmidtke, mit dem exotischen Vornamen „Evandro, Carlos", am nächsten Morgen bei mir vorsprach, stellte ich ihn ein, denn er war mir auf Anhieb sympathischund erschien mir recht fleißig und kompetent, wie sich später herausstellte, war dies die beste Entscheidung meines Lebens. Er brachte sehr viele neue Ideen mit ein und erwies sich als ein „Glücksgriff".

Auch Clärchen war von Herrn Schmidtke, im Gegensatz zu Herrn Grunow, der ihr immer nicht ganz koscher vorkam, sehr angetan.

Er wurde in Brasilien geboren, nachdem seine Eltern dorthin ausgewandert waren. Als sein Vater bei einem Aufstand der brasilianischen Bevölkerung ums Leben kam, kehrte seine Mutter mit ihm nach Deutschland zurück. Obwohl in seinen Adern nur das Blut deutscher Vorfahren floss, hatte er das Temperament eines Brasilianers. Sowohl mit unserem Personal, als auch mit den Gästen kam er ausgezeichnet klar und war bei allen sehr beliebt.

Der Saal und alles Andere waren noch sehr verschlissen und bedurfte einer dringenden Überholung. Wir mussten auch feststellen, dass die abendlichen Stunden, die Herr Schmidtke im Geschäft tätig war, nicht ausreichten. Der Versuch seinerseits den Schuldienst zu kündigen, war gescheitert, denn er wollte sehr gern eine Volleinstellung bei mir. Erst nach einer Gallen-OP und einem Attest seines befreundeten Hausarztes gelang es ihm, den Schuldienst zu quittieren.

Ich war schon schwer verliebt, was er auch sofort spitz kriegte...

Irgendwie begann es zwischen uns auch zu funken, denn mit seinem Charme und seiner wunderbaren ruhigen Art hat er mich schon zutiefst beeindruckt. Es konnte noch so hektisch zugehen, Wandi, wie ihn alle nur nannten, war immer ruhig und ausgeglichen. Mit unserer Liebe begannen für mich die schönsten Jahre meines Lebens.

Als ich nach einem Jahr zu ihm in seine 3-Raumwohnung in die Wörterstraße, die im Stadtbezirk Prenzlauer Berg liegt, gezogen bin, kamen auch seine Tochter Elke und mein Sohn Stefan sehr oft zu Besuch an unseren freien Tagen. Wir haben immer sehr viel zusammen unternommen. Die Kinder verstanden sich ganz ausgezeichnet und Stefan war von meinem Wandi begeistert, denn durch seinen Sport, er spielte damals Handball, stand er bei Wandi ganz groß da. Wenn Stefan Sonntags ein Spiel hatte, waren wir früh morgens zur Stelle, obwohl wir nur wenige Stunden Schlaf hatten. Das machte aber auch das gute Verhältnis, welches die zwei hatten, aus. Später waren sie beide im Volleyball sehr aktiv und gingen gemeinsam in ihrem Sport auf. Sie hatten sich ganz einfach, wie auch wir zuvor, gesucht und gefunden. Selbst mit meinem Exmann Horst hatte Wandi bis zu dessen Tod ein ausgezeichnetes Verhältnis. Er und Wandi`s Exfrau haben nach ihrer Scheidung nie wieder geheiratet.

Dann verstarb 1967 plötzlich mein Vater und wurde im Familiengrab, in Berlin Mitte, in dem auch Fritz Bühler ruht, beigesetzt. Clärchen litt sehr unter diesem Verlust, denn sie waren ein Herz und eine Seele. Mein Trost war es, dass er zwar ein hartes, aber erfülltes, schönes Leben hatte und auch recht alt wurde. Wandi und ich bemühten uns, ihr Beistand und Trost zu geben, wann immer wir es ermöglichen konnten. Sie war aber auch glücklich und zufrieden, weil sie sah, dass es mit ihrem Lebenswerk zügig voran ging. Als Erstes fuhren Wandi und ich zu einer Lampenfirma. Dort gaben wir für den Ballsaal einen neuen, großen Kronleuchter in Auftrag, weil wir ja von staatlicher Seite keinerlei Unterstützung bekamen. Genau so mussten wir uns um Gläser, Tischdecken und

Aschenbecher bemühen, die wir uns aus den volkseigenen Betrieben der DDR selbst organisierten. Das ging natürlich alles nur mit etwas „Kleingeld für die Kaffeekasse". Wenn man bedenkt, dass wir tagtäglich zwischen 300 bis 400 Gäste im Haus hatten, wobei es dann oft vorkam, dass es Mittwochs zum „verkehrten Ball" und an den Sonnabenden sogar bis 500 Gäste waren, kann man sich vorstellen, wie oft wir neue Gläser und alles Andere benötigten.

Der Wunsch eines jeden Gastwirtes -Ein volles Haus-

Die Lokalitäten der HO oder des Konsums haben von solchen Besucherzahlen nur geträumt, aber diese wurden eben mit allem versorgt und hatten nicht solche gravierenden Probleme wie wir. Zwar war im Allgemeinen alles knapp und es kam auch dort immer wieder einmal zu Versorgungsengpässen, aber als Privater stand man halt noch ganz weit hinten an...

Als wir unsere Getränkekarte umstellten, um uns etwas besser auf den Geschmack unserer Gäste einzustellen, kam es beim nächsten Steuerbescheid zu einem bösen Erwachen. Wir hatten zwar neue Getränke im Angebot, aber vergessen, dementsprechend die Preise anzuheben. Auch so etwas kommt trotz Routine, wenn man zu viel um die Ohren hat, vor. Das Finanzamt verlangte von mir eine Nachzahlung in Höhe von 10.000 Mark. Da ich fast alles, was ich verdiente wieder in das Geschäft steckte, war ich zu dieser Nachzahlung einfach nicht im Stande.

Da kam Clärchen als rettender Engel und gab mir diese 10.1 Mark von meinem Vater. Sie war froh mir helfen zu können und stolz auf mich, weil ich Vater in all den Jahren nicht einmal nach Geld gefragt hatte, sondern mir alles selbst erarbeiten wollte. „Wir sind wirklich aus dem selben Holz geschnitzt. Denke aber immer an die kleinen Leute, nicht an die großen und bleibe weiterhin so menschlich.", gab mir Clärchen freudestrahlend mit auf den Weg. Diese Worte habe ich mein ganzes weiteres Leben lang beherzigt. Es war das einzige Mal, dass mir jemand Geld gab, weil ich es dringend benötigte. Und der Fakt, dass ich diese „Spende" als Erbe meines Vaters ansehen konnte, half mir über diese Schmach hinweg. Kurze Zeit später hatte mir Clärchen noch einen gebrauchten Wartburg besorgt, der sich in einem tadellosen Zustand befand, damit ich meine Besorgungen nicht mehr mit der Straßenbahn machen brauchte und schneller von A nach B kam. Das war hingegen ein ganz persönliches und herzliches Geschenk zum Ausdruck ihrer Liebe, wofür ich ihr sehr dankte, denn es war eine enorme Erleichterung für mich.

Im Besitz dieses Autos dachte ich bei meiner Probefahrt voller Respekt und Bewunderung an meine liebe Frau

Faustmann und ihren Modesalon zurück. Denn als ich dort noch volontierte, sagte ich mir immer: „So wie Frau Faustmann möchte ich mir ebenso einen gewissen Wohlstand erarbeiten. Ich möchte einmal einen Pudel und ein Auto besitzen."

An der Verwirklichung dieses Wunsches arbeitete ich hart und emsig. Dass ich nun auf diese Weise schon früher zu einem Auto gelangte, als mir das sonst möglich gewesen wäre, war natürlich super.
In unserem Geschäft wehte ja nun ein frischer Wind und unser „Kollektiv", wie wir unser Personal damals nannten, stand voll hinter uns. Wir nahmen alles nur noch gemeinsam in Angriff und waren wie eine große Familie. So zum Beispiel bei einer Großaktion im Saal, wo wir es in nur zwei Tagen schafften, ihn von Sonntag bis Dienstag zur Eröffnung komplett zu renovieren.

Alle Männer haben ausnahmslos die Decke und die Seitenwände gestrichen und sämtliche Frauen übernahmen das Streichen des Holzpaneels und die anschließende Großreinigung.

Als ich am Mittwoch darauf in meinem Auto unterwegs war, um Besorgungen zu machen, hörte ich im Westberliner Rundfunk: „Clärchen´s Ballhaus hat sage und schreibe, schon nach zwei Tagen Renovierung des Ballsaales, während der Ruhetage wieder geöffnet!" Das war schon eine beachtliche Leistung. Und wenn man bedenkt, dass unser Kollektiv alles während seiner Freizeit und das noch unentgeltlich getan hat, könnte ich vor ihnen heute noch den Hut ziehen! Solch ein Personal kann man sich nur wünschen! Auf die selbe Art und Weise wurden dazu die Verschönerungsarbeiten im Außenbereich an den Ruhetagen erledigt.

Wandi als gutes Vorbild immer voran. Hier bei Stemmarbeiten mit einem Kellner

Wo einst die Trümmer des Vorderhauses lagen, haben wir eine passable Grünfläche angelegt und einen Baum gepflanzt.

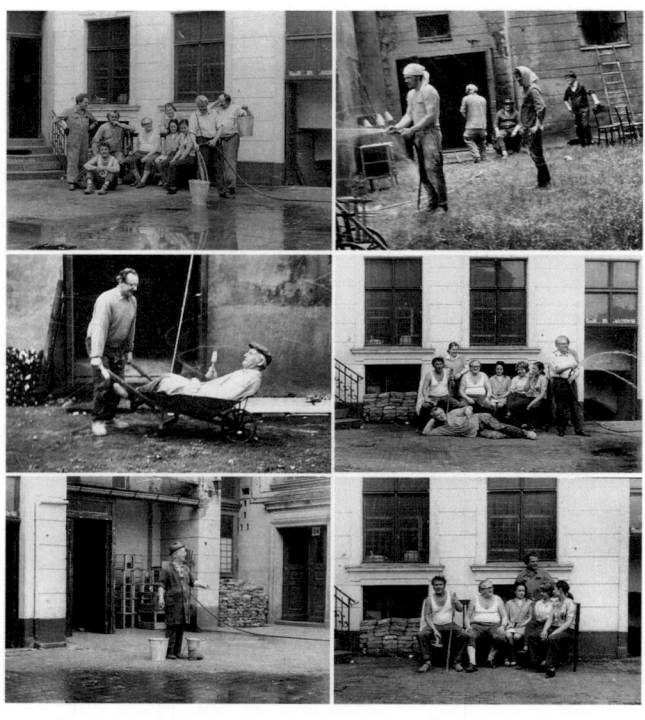

Als dann plötzlich Clärchen verstarb, traf es uns alle wie ein großer Schlag. Eine Frau, die Berliner Geschichte schrieb und heute noch eine Legende ist, war plötzlich nicht mehr da. Sie hatte ein ehrenvolles Begräbnis bei ihren beiden zuvor verstorbenen Männern im Familiegrab. Zu ihrem Abschied waren unzählige Menschen gekommen, um sich in stiller Anteilnahme von ihr zu verabschieden. Ach wenn sie selbst nicht mehr im Geschäft tätig war, gab sie mir doch im Stillen einen gewissen Rückenhalt und damit ein beruhigendes Gefühl. Erschwerend kam dann in den darauf folgenden Jahren hinzu, dass sowohl meine Stiefschwester Margarete, als auch ihr Sohn nach deren Ableben 2003 nicht einen Pfennig in die Restaurierung ihres Hauses steckten und dieses immer mehr dem Verfall ausgesetzt war. Als Pächterin zu investierten und einen fünfstelligen Kredit aufzunehmen, war mir zu riskant, denn immer wieder kamen die Hiobsbotschaften, dass die Stadt vor habe das Haus abzureißen. Mal sollte es einer, sich in Planung befindlichen, Autobahn weichen und dann wurde wieder alles dementiert. So berichtete die „Berliner Morgenpost" sogar noch am 02.12.1989 in einem Artikel, dass die Zukunft von Clärchen´s Ballhaus in der Auguststraße ungewiss ist und wie sie mich als Chefin der Alt-Berliner Vergnügungsstätte, zitierten, stünde das Gebäude „schon seit 20 Jahren auf Abriss. „Immer wieder angekündigt, oft widerrufen, wie es allerdings weiter geht, sagt uns niemand.", klagte ich dem Reporter dieses Artikels in seinem Interview.

Als nächstes nahmen wir uns aber das Parkett vor, das Wandi schon zu lange jeden Morgen mit Holzkitt ausgebessert hatten. Durch die damaligen Pfennigabsätze der Damenschuhe war es dermaßen ruiniert, dass kein Weg mehr daran vorbei führte, es zu erneuern. Die Unfallgefahr, die dadurch ausging war ganz einfach zu groß. Neues Parkett, welches wir beim Staat beantragten, wurde uns nicht genehmigt und so kamen wir auf die Idee, denn Not macht erfinderisch, das Selbige aus dem Spiegelsaal zu entfernen und im Ballsaal zu verlegen, damit dort weiterhin ein unfallfreies Tanzvergnügen stattfinden konnte. Dazu nahmen wir uns einen versierten Parkettleger, der sich sofort bereit erklärte, diesen

Auftrag nebenbei zu übernehmen und das sogar von Sonntag bis Montag bewältigte, ohne dass wir gezwungen waren, das Geschäft für einen Tag schließen zu müssen. Die Männer aus unserem Kollektiv rissen oben alles vorsichtig heraus und schleppten es die zwei Treppen herunter, wo der gute Mann dann alles professionell verlegte. Nun waren die Wände noch etwas kahl. Wandi machte mir den Vorschlag, da Heinrich Zille ein Stammkunde des Hauses war, ihm zu Ehren Bilder mit seinen Motiven anfertigen zu lassen, da er es eben meisterhaft verstand, das „Berliner Milljöh" so eindrucksvoll in Szene zu setzten. Ich war sofort begeistert von seiner Idee. Wandi kannte einen Herrn Brock, ebenfalls ein Stammkunde, der von Beruf Maler und Grafiker war und aus dem Kietz kam. Dieser nahm seinen neue Auftrag sofort in Angriff und setzte ihn fabelhaft um. So hatten wir innerhalb kürzester Zeit einen fast neuen Saal. Nur die Bestuhlung hätte ich sehr gern noch komplett, einheitlich gesehen, weil sie ja schon etliche Jahre auf dem Buckel hatte und immer wieder welche kaputt gingen, die dann notdürftig repariert werden mussten. Das übernahmen übrigens ebenfalls unsere Männer des Kollektivs in ihrer Freizeit...

Wenn einer unserer Angestellten einmal zwischendurch frei nehmen wollte, weil er eine Familienfeier hatte oder mal eher Feierabend machen wollte, um irgendetwas zu erledigen, bedurfte das gar keiner Frage, eben weil wir uns gegenseitig auf einander verlassen konnten. Auch bekamen meine drei Putzfrauen, weil sie ja einen sehr geringen Verdienst hatten, jedes Jahr zu Weihnachten von mir eine Gans und sogar die Kohlen bezahlte ich ihnen, damit sie gut über den Winter kamen. Sie brauchten außerdem keine acht Stunden zu arbeiten, denn wenn sie ihre Aufgaben erledigt hatten, schickte ich sie nach Hause. Es war ein gegenseitiges Geben und Nehmen mit unserem Kollektiv, was ja fernerhin soviel wie Team, Mannschaft, Ensemble, oder noch treffender, Gemeinschaft heißt. Und eine solche, glückliche waren wir halt. Das spürten dazu unsere Gäste ganz deutlich.

Bei unseren Preisen, wo man ein Glas Bier noch für 48 Pfennige, den Schnaps zwischen 1,70 Mark und 2,10 Mark, die Flasche Sekt für 18,50 Mark, das Glas Selterwasser für 10 Pfennige bekam, und für den Eintritt wochentags nur 1,60 Mark, sowie am langen Samstag 3,10 Mark berappen musste, konnte wirklich niemand meckern. Und ich blieb weiterhin Clärchen´s alter Tradition treu, ein Haus für Jedermann zu bleiben.

Gerne denke ich an unsere gemeinsamen Ausflüge, die wir immer wieder als Tagestour unternahmen und die generell Montags statt fanden. Egal, ob wir nur im Hotel „Stadt Berlin" zum Essen gingen, in den Spreewald fuhren, oder im Palast der Republik zum Bowlen verweilten, wir hatten überall hin gute Beziehungen und wurden gern als Kollektiv willkommen geheißen.

Wenn uns das mal ganz spontan in den Sinn kam und wir in einer Gruppe von ca. 35 Personen irgendwo ankamen, war das manchmal nicht ganz einfach zu organisieren, aber meistens lief das ja mit Vorbestellung. Doch dem Team von Clärchen war einfach alles möglich. Wie heißt es so schön? „Beziehungen schaden nur dem, der keine hat." Und durch unsere Kundschaft hatten wir eben überall hin das zwingend notwendige „Vitamin B". So ferner zu dem privaten Glas- und Porzellan Geschäft „Petzold" im Prenzlauer Berg, welcher ebenfalls ein lieber Stammkunde war und der uns fortan mit sämtlichen Gläsern belieferte. Der Mann war Gold wert!

Unsere damalige Barkarte leider ohne Preise…

*Eines unserer vielen kollektiven Freizeitvergnügen.
Wo findet man denn heute noch solch ein Personal?*

Einige unserer Freizeitunternehmungen, bei denen der Spaß und die gute Laune nie zu kurz kamen...

Zwischenzeitlich begannen wir außerdem mit dem Bau unseres Eigenheimes im Bungalowstil in Rahnsdorf (im Volksmund „Klein Venedig" genannt).
Selbst hierbei konnten wir immer wieder mit der Hilfe unserer Angestellten und Freunde rechnen. Es dauerte zwar einige Zeit, bis das Haus fertig war, aber gut Ding braucht eben Weile, zumal wir ja fast alles alleine machten.

Unser Häuschen im Bau und im fertigen Zustand

In unserer unmittelbaren Nachbarschaft wohnte der ehemalige, lockenköpfige Bassgitarrist der Phudys, Harry Jeske. Mit ihm und dem Rest der Gruppe haben wir dort schon so manchen Korken knallen lassen...
Es waren einfach wunderschöne Jahre, die wir hier verbrachten.

Blumen und Rhododendren waren meine große Freude

Einer unserer Mitarbeiter hatte die tolle Idee, die Gewerkschaftsgelder selber zu verwalten. Denn immer wenn unsere Leute eine Einladung zu irgendwelchen Veranstaltungen der Gewerkschaft bekamen, war das für sie nicht möglich, weil sie ja am Abend immer arbeiten mussten oder bei Urlaubsangeboten der selben meist zu diesen Zeiten nicht fahren konnten. Sie beantragten das mit dieser Begründung beim DGB (Deutschen Gewerkschaftsbund) und bekamen deren Zustimmung. Es wurde ein Kassenwart gewählt und jeder gab samstags zusätzlich etwas von seinem Trinkgeld in die Kasse. Jeder nach seinem Ermessen.

Das Personal, welches nicht mit Trinkgeldern zu tun hatte, war davon befreit. Von ihnen flossen nur die geringen Gewerkschaftsgelder, die ihrem wenigen Gehalt entsprachen, in die Kasse. Ich gab, wann immer es mir möglich war, einen kleinen Obolus dazu, denn ich als „Kapitalistin" konnte ja keiner Gewerkschaft beitreten. Von diesen über das Jahr gesparten Beträgen fuhren wir dann einmal jährlich zusammen in den Urlaub. Zu meinem Bedauern verfüge ich nicht über ein einziges Foto dieser gemeinsamen Urlaubsfahrten.

1977 oder 78, ich bin mir nicht ganz sicher, führte unsere erste gemeinsame Reise für eine Woche nach Prag. Das hat alles nur die Belegschaft während ihrer Freizeit organisiert! Allein die Zugreise war schon ein Erlebnis, bei dem es recht feucht-fröhlich zu ging.

Dort trafen wir während des „Prager Frühlings" ein und befanden uns plötzlich in der ehemalige Hauptstadt des Königreichs Böhmen, inmitten einer herrlichen mittelalterlichen Metropole, die über Jahrhunderte Zentrum der jüdischen Kultur in Europa war. Da waren der Wenzelsplatz, die Karlsbrücke, welche die bekannteste der über 180 Brücken in Prag ist, und die Burg oben auf dem Hradschin, die mit dem berühmten Prager Fenstersturz den Funken entzündete, der sich zum Flächenbrand des Dreißigjährigen Krieges entwickelte. Die wunderschönen, sakralen Bauten, wie die St. Georgsbasilika oder die Heiligkreuz Kapelle sind dort harmonisch in die Burg mit einbezogen und ergeben ein wundervolles Panorama. Dort gibt es außerdem eine legendäre, mittelalterliche Brauerei, die seit dem 15. Jahrhundert erfolgreich Schwarzbier braut und mit seinem Restaurant und Gaststätten unter dem Namen „U Fleku" (Der Fleck) weit bekannt ist.

Wir waren jedenfalls begeistert von dieser schönen Stadt. Unser nächstes Reiseziel war Budapest, das wir mit dem Flugzeug eroberten. Wir waren in einem hübschen Hotel untergebracht, an dessen Namen ich mich leider nicht mehr erinnern kann, und genossen dort eine atemberaubende Metropole, von der Berlin damals nicht nur geografisch weit entfernt war. Wir mieteten uns einen Bus und erkundeten so sämtliche Ecken der Stadt. Es war alles ganz entspannt und ungezwungen und jeder konnte sich vergnügen, wie er es für richtig hielt. So gingen die Einen ins Thermalbad und die Anderen schlenderten durch die Markthallen oder diejenigen, die das „Hüftgold" liebten, schlemmten bis zum Abwinken in irgendeiner der vielen Konditoreien und verzehrten dort österreichisch-ungarische Spezialitäten.

An einem Abend verweilten wir gemeinsam im dortigen „Moulin Rouge", das es nicht nur in Paris gibt. Dort vergnügten wir uns einmal, in einer kleinen Vierergruppe, wie sonst unsere Gäste bei uns, bei Musik und Tanz. Durch den Abend begleitete uns dort ein Confrancier, der vorher die jeweiligen Auftritte des Revue-Programms ankündigte. Mit diesem wunderschönen Abend klang dann auch diese Reise aus.

Die dritte Auslandsreise zog uns nach Bulgarien.
Genauer nach Varna ans schwarze Meer. Wir wussten, dass wir nur begrenzt Geld umtauschen konnten, aber das sollte kein Problem für uns darstellen. Ein befreundeter Bulgare von Wandi, der mit ihm seinen Gastronomie-Lehrgang absolvierte und in Berlin ein Lokal eröffnen wollte, hatte einen Bruder, der Schriftsteller war. Der lebte noch in Bulgarien und er konnte diesen finanziell nicht unterstützen, was er aber gern wollte. So kam der

Schriftsteller nach Varna geflogen, wo er am Zoll (unserem Treffpunkt) kontrolliert wurde. Die Zöllner fragten ihn, warum er so viel Geld bei sich hätte, worauf er antwortete, dass er sich ein großes Boot kaufen wolle. Damit war die Sache erledigt und wir konnten zur Geldübergabe schreiten, was wir in einem Lokal in der Nähe erledigten.
Unser uneingeschränkter Urlaub war damit gerettet. Wir lebten dort am Strand ganz ungeniert in Saus und Braus und spendierten den „Wessis", die dort ständig nur den „dicken Maxen" spielten, zu deren großen Verwunderung Sekt. „Wie können sich denn die armen „Ossis" nur solch Wohlstand leisten?", konnten wir dann des öfteren aus den Mündern der verdutzten Gesichter entnehmen. Aber es stank uns ganz einfach mächtig an, wie diese Leute sich im Ausland benahmen. Man sieht das ja heute überall auf der Welt, wo sich der Deutsche tummelt, nur dass die ehemaligen „Ossis" sich da jetzt mit eingereiht haben. Dabei sind dann die Neureichen im Benehmen noch schlimmer, als damals die „Wessis". Aber die neureichen Russen sind ja bekanntlich in dieser Beziehung Weltweit unschlagbar...
Wir spielten dort auf den ersten neuen Minigolfanlagen, was uns sehr viel Spaß machte und unser Kätchen, die damals schon siebzigjährige Toilettenfrau, war als erste ins Wasser gesprungen. Ehe wir uns versahen, war sie aus ihren Klamotten gehüpft und rannte ins Meer. Sie bewegte sich noch wie ein Wiesel in ihrem Alter und war eine Seele von Mensch. Diese gemeinsamen Auslandsurlaube waren einfach nur herrlich. Als wir wieder zu Hause ankamen, legten wir unser Geld zusammen, wobei wir wiederum die Leute, die kein Trinkgeld verdienten, ausklammerten, und Wandi brachte

den umgerechneten Betrag zu seinem befreundeten Bulgaren ins Lokal, damit er dieses weiter einrichten konnte.

Durch die vielen Bauarbeiter, die in den 70ern nach Berlin kamen, um z.B. den Palast der Republik, das Stadion oder einige Hotels zu bauen, war der Staat ganz zufrieden, dass sie sich preiswert bei uns amüsieren konnten. Das wären ihnen im „Lindenkorso" oder Hotel „Stadt Berlin" teuer zu stehen gekommen, denn sie wollten ja nicht nur Geld verdienen, um es gleich wieder in Berlin zu verjubeln.

Die Gehälter unserer Angestellten wurden ferner vom Staat fest gelegt und die lagen deutlich unter denen der staatlichen gastronomischen Einrichtungen. Aber wo wurde denn schon so viel Trinkgeld verdient, wie bei uns? Niemand hatte so viele Gäste. Und die Masse machte es eben aus. Unsere Mitarbeiter hätten deshalb auch nie freiwillig wo anders hin gewechselt.

Da gab es zwar noch ein anderes Ballhaus in der Chausseestraße, welches als Attraktion Tischtelefone bot und ein Tanzmeister Stimmungslieder zum Besten gab, aber das war für uns keine Konkurrenz, denn der Wirt dieses Hauses leitete es als Kommissionär der HO.

Das Gleiche wollte man mir auch plötzlich anbieten, in dem man mir 3000,- Mark Gehalt bot.

Ich lehnte es aber kategorisch ab, weil ich mir nicht rein quatschen lassen und mein Haus in Clärchen´s Sinne weiter führen wollte. Sie hätten mir die Preise diktiert und ich wäre nur noch eine Angestellte gewesen, die sich unterordnen müsste und nichts mehr selber zu entscheiden gehabt hätte.

Die Kapelle, noch bevor sie zu uns wechselte
-Kapellmeister Petzold am Schlagzeug-

Unser Publikum war immer bunt gemischt und lag im Alter zwischen 18-85 Jahren. Jeder, dieser doch so verschiedenen Altersgruppen, fühlte sich wohl und konnte sich unbeschwert und frei seinem Frohsinn hingeben. Das war wohl mit das Markante unseres Hauses, denn trotz der aufkommenden Discotheken haben doch ebenso viele 18- bis 28-jährige, die man eher

beim Jugendtanz in einer Disco vermutete, zu uns gefunden. Vielleicht waren es diejenigen, die noch auf handgemachte Musik standen, denn unsere Hauskapelle unter der Leitung des Tanzkapellmeisters Petzold, die aus dem anderen Ballhaus zu uns wechselte, nachdem unsere alte Kapelle, die noch von Clärchen stammte, in Rente ging. Sie hat uns bis zum Schluss die Treue gehalten. Ihr umfangreiches Repertoire an alten und neuen Lieder war stets auf dem aktuellsten Stand der gerade geläufigen Musik. - Vielen Dank auch hier dem Petzold-Quartett! -
Wir hatten sogar ein Pärchen, dass sich hier schon in „Bühlers Ballhaus" kennen gelernt und geheiratet hatte. Sie kamen Jahrzehnte lang an ihrem Hochzeitstag zu uns, wo ihre gemeinsame Liebe einst ihren Anfang nahm, und wurden vom ganzen Saal gefeiert. Wir deckten für sie den Stammtisch neben der Bar mit Blumen und Sekt im Kübel ein. Sie waren jedes Mal aufs Neue stets überwältigt und gerührt von diesem Großfamilienflair. Es waren schon schöne Zeiten, an die man sich recht gern zurück erinnert.
Ohne mein Röschen, wie ich liebevoll unsere Buchhalterin nannte, die eine Kollegin von Wandis Mutter war und die ich ebenfalls durch sie kennen gelernt habe, wäre ich nie so weit gekommen.
Sie war die gute Seele des Geschäfts. Wir hatten jedes Jahr für ein bis zwei Tage eine Finanzprüfung im Haus. Dank unseres Röschen konnten sie nie etwas beanstanden. Ein gutes Geschäft steht und fällt eben mit seiner Buchhaltung und diese führte sie exzellent und sehr akribisch. Dafür habe ich ihr mal einen Kühlschrank, mal einen Teppich und so verschiedene andere Dinge zukommen lassen, um ihr somit meine

Dankbarkeit auszudrücken, denn ihr Gehalt war leider ebenfalls nicht sonderlich hoch.

Irgendwann, Anfang der 80er Jahre, gaben unsere Kinder Elke, Stefan und dessen Frau Monika ihre erlernten Berufe auf, besuchten die Gastronomenschule und fingen als Kellner bei uns an. Wir wollten sie früh genug ins Boot holen, damit wir später bei Zeiten das Geschäft an sie abgeben konnten. Schließlich hatte ich vor, mit Wandi noch ein paar schöne, ruhige Jahre zu verbringen um uns so einen harmonischen Lebensabend zu gestalten. Wir wollten keineswegs wie Clärchen und mein Vater bis fast zum 80. Lebensjahr im Geschäft wirken.

Unsere Kinder waren noch nicht lange bei uns angestellt, da bekamen wir eine Einladung von der Uni, gemeinsam mit ihnen ein Sportfest im Stadion der Weltjugend durchzuführen. Unser Team war sofort dabei und freute sich schon riesig darauf.

Sowie Stefan als auch Elke kamen aus einem sportlichen Hause, da Wandi Sportlehrer war und beide immer wieder zum Volleyball und zu anderen sportlichen Disziplinen anhielt. Aber das gesamte Kollektiv waren kleine Asse im Sport. Deshalb wussten die Studenten nicht, worauf sie sich einließen...

Wir einigte uns auf einen Sonntag, und trafen uns morgens um 8.00 Uhr im Stadion. Nur lag hinter uns der lange Samstag und wir waren ziemlich unausgeruht. Aber nichts desto Trotz, nahmen wir es in den leichtathletischen Disziplinen, wie Kugelstoßen, 100m-Lauf, 400m-Lauf und Weitsprung, so wie im Volleyball mit den Studenten auf. Es war ein sehr schöner Tag und wir gingen in den meisten Disziplinen und im Volleyball als Sieger hervor.

Links Wandi`s Tochter Elke mit Hut und mein Sohn Stefan oben auf...

Dadurch, dass unsere Kinder nun bei uns arbeiteten, konnten Wandi und ich auch einmal etwas unternehmen und uns ein wenig Abwechselung gönnen.

Ein Abend mit Seltenheitswert...

So besorgten wir uns unter der Hand auch einmal Karten für den Opernball. Ach war das herrlich! Mein Wandi im Smoking und ich im Abendkleid einmal ganz einen auf „Nobel" gemacht, in mitten der Prominenz zwischen Schauspielern, Sängern, Politikern usw. ...
Im Anschluss gingen wir noch gepflegt Essen, naschten ein paar Gläser Sekt und verbrachten so einen wunderschönen, unvergesslichen Abend zusammen.
Das war nur ein Beispiel für solche Dinge, die sich nicht jeder leisten konnte, zumal man als „Otto Normalverbraucher" auch nicht an Karten kam.

Wir aber führten ein Haus, in dem wir keinen Unterschied zwischen arm und reich machten.
Jeder konnte kommen, egal ob er nun prominent oder ein ganz normaler Bürger aus einfachsten Verhältnissen war. Die Prominenten spürten bei uns ansonsten keinen Unterschied und bekamen keine „Extrabehandlung". Und es waren viele, von ihnen, die sich bei uns sehen ließen. Ob Helga Hahnemann, Walter Plathe, Jürgen Walther, der sogar ein Lied über Clärchen sang, oder Otto Dix, um nur einige wenige stellvertretend zu nennen, alle fühlten sich bei uns wohl und genossen das spezielle Ambiente unseres Hauses. Sie waren außerdem alle bescheiden und gaben sich ganz normal.

Den Text des Liedes von Jürgen Walter fand ich so treffend, voller Sehnsucht und Melancholie:

Tango-Berlin

1.*Vers*

*Zwischen Gassen, Straßen, Hinterhöfen,
mitten in der großen, alten Stadt.
Nebenan die Spree mit grauen Möwen,
alte Gaslaternen flackern matt.
Bald wird dieses Viertel abgerissen,
Clärchen´s Ballhaus werde ich vermissen,
dies kleine Stück Berlin, das es in sich hat.*

1.*Refrain*

Tango in Clärchen´s Ballhaus, Junge, da geht dir die Luft aus.

Tango in Clärchen´s Ballhaus tanzt man jedes Mal zum Kehraus.
Tango in Clärchen´s Ballhaus, leise klingt es in die Nacht raus.
Rhythmus beschwört und mit muss, der`s hört.
Jeder kann`s, der hier verkehrt.
Nur in Berlin kriegt man den Tango so hin.
Ja, nur hier tanzt man so kühn.

2.Vers
Eine Bahn quietscht emsig in der Ferne,
Clärchen´s Ballhaus steht am alten Platz.
Ein Pudel zieht sein Herrchen zur Laterne.
Zu Clärchen geht man meistens ohne Schatz.
Vieles könnt das alte Haus berichten,
Gründerzeit und Inflationsgeschichten,
doch immer höre ich den kleinen Satz:

2. Refrain
Tango in Clärchen´s Ballhaus - Tango-Maxe dreht das Licht aus.
Tango in Clärchen´s Ballhaus, da sieht Schmidtchen Schleicher alt aus.
Tango in Clärchen´s Ballhaus – Zicken-Schulze hat den Schwung raus.
Rhythmus beschwört und mit muss, der`s hört.
Jeder kann`s, der hier verkehrt.
Nur in Berlin kriegt man den Tango so hin.
Ja, nur hier tanzt man so kühn.

Vor Arbeitsbeginn haben wir mit unserem Team immer erst zusammen gesessen und über Gott und die Welt geredet. So ferner über ein Problem, welches wir aus dem

Weg räumen wollten und wo wir überlegten, wie wir das am günstigsten schaffen.

Gegenüber von Clärchen`s Ballhaus war ca. 100m entfernt ein Seniorenheim. Dessen Insassen beschwerten sich beim Personal, dass in der Nacht, wenn Clärchen schließt, die Gäste auf der Straße immer so einen Lärm machten. Und die Leiterin des Seniorenheimes kam mit dieser Beschwerde zu uns.

Wir kamen auf die glorreiche Idee, die ganzen Rentner an einem Montag, zu einem Ausflug einzuladen. Jeder unserer Mitarbeiter hatte ein Auto. So luden wir alle ein, machten vorerst eine kleine Stadtrundfahrt mit ihnen und fuhren anschließend zum Müggelsee, wo wir sie zum gemeinsamen Mittagessen und nach einem anschließenden Spaziergang dann noch zu Kaffee und Kuchen einluden. Es war ein wunderschöner Tag, den sie bestimmt nicht so schnell vergessen haben. Einige von ihnen kamen später ab und an noch als Gast zu uns und niemand verlor je wieder ein Wort darüber, dass es manchmal Gäste unseres Hauses gab, die zum Feierabend auf der Straße sangen oder sich auf ihrem Nachhauseweg noch etwas lauter unterhielten. Diese Art Problembewältigung war eben nur in unserem Kollektiv möglich, welches wie Pech und Schwefel zusammen hielt.

Und so, wie auf dem Foto, stand unser Team im wahrsten Sinne des Wortes immer hinter uns.
Ein herrliches Gefühl für einen Chef, solch eine starke Truppe hinter sich zu haben.

Ein Team mit Kollektivgeist - Das Beste! -

Wir hatten auch schon lustige Stammgäste, wie zum Beispiel einen hohen Offizier, der regelmäßig einmal die Woche zu uns kam. Es war ein sehr netter, angenehmer Gast, der sich immer mal seine Auszeit nahm. Den „Tag des Vergessens", wie er ihn selbst nannte. So setzte er sich stets an die Bar und betrank sich, um so einmal richtig abschalten zu können. Wer weiß, mit welchen Problemen er sich ständig auseinander setzen musste. Mitunter haben wir ihm manchmal sogar vorsichtshalber seine Dienstwaffe abgenommen, denn bisweilen wurde er sehr melancholisch. Wir riefen ihm dann jedes Mal ein Taxi, schnallten ihm sein Halfter mit Pistole wieder um und setzten ihn hinein.

Ich denke desgleichen sehr gern an unseren Professor zurück. Er war ein früherer Sportfreund von Wandi und Professor für Kinderheilkunde im Klinikum Berlin Buch. Er kam ebenso, immer, wenn er mal völlig abschalten und alles Elend, welches ihn oftmals umgab, zu vergessen. Er legte auf Kleidung keinen besonders großen Wert. So kam es mitunter vor, zerstreut, wie Professoren nun mal so sind, dass er zwei unterschiedliche Socken an hatte. Er war aber mit Leib und Seele Arzt. Wenn ein Kind von unseren Bekannten oder unseren Angestellten krank wurde, konnten wir jederzeit sofort zu ihm kommen und brauchten nicht einmal zu warten.

An unseren freien Tagen stellten wir unseren Saal, und freiwilliges Personal, einige Male für die „Volkssolidarität" oder die „Stimme der DDR" zur Verfügung. Die Rentner, die dann zu Gast waren, haben sich immer lobend geäußert, weil ich ihnen meistens auch Kaffee und Kuchen dazu spendiert habe. Sie sagten zu mir: „Sie haben uns stets ein Alterserlebnis bereitet, welches wir nie vergessen werden." Solch ein Lob hört man doch gern. Da war der Frust über die bevorstehende Saalreinigung gleich wieder vergessen.

Wandi und ich bei der Planung der Werbung für unser bevorstehendes Jubiläum

Uns stand gerade ein Jubiläum bevor, wozu wir gern neues Parkett im Saal verlegt hätten, da es schon wieder sehr stark beschädigt und das viele Ausbessern mit Holzkitt keine Lösung mehr war.
Also stellte ich einen Antrag. Es tat sich ewige Zeit gar nichts...

Eines Tages erschien bei uns eine Delegation aus Japan. Es handelte sich um ein Filmteam, das in Begleitung von Leuten einer bundesdeutschen Fernsehanstalt, Leuten von der DEFA und der Stasi, die bei mir vorsprachen. Sie wollten sehr gern Szenen zu dem Film „Die Tänzerin" bei uns im Saal drehen. Aus Angst, dass mein schon so stark geschundenes Parkett noch mehr leidet, erklärte ich mich mit den Worten: „Mein Parkett ist schon so kaputt und ich bekomme kein neues." nicht dazu bereit.

Die Leute zeigten sich einsichtig, zogen aber enttäuscht wieder ab. Ich weiß bis heute nicht, wer „mein großer Gönner" war, aber noch am selben Tag bekam ich Bescheid, dass ich mir neues Parkett abholen könne.

Eine Woche später war es dann auch schon verlegt.
Nach meinem Antrag vergingen etliche Wochen, bis ich von der Handelsgewerbekammer eine Absage für neues Parkett aus „Kapazitätsgründen" erhielt.

Die Gesichter hätte ich sehen wollen, wenn sie gewusst hätten, dass es schon längst neu verlegt war und wir sogar unser 75-jähriges Jubiläum darauf gefrönt haben...

> **HANDELS- & GEWERBEKAMMER HGK VON BERLIN**
> Kreisgeschäftsstelle Mitte
>
> HANDELS- & GEWERBEKAMMER VON BERLIN
> Neue Schönhauser Straße 9 · Berlin · 1020
>
> "Clärchens Ballhaus"
> Inh. Elfriede Wolff
> Auguststr. 24 - 25
> 104 Berlin
>
> Ihre Zeichen: Ihre Nachricht vom: Unsere Zeichen Ste./W. am 25.11.1988
>
> Betreff: Bilanzentscheidung 1989
>
> Werte Frau / ~~Werter Herr~~ ..Wolff........ !
>
> Durch den Stadtbezirksbaudirektor wurden wir informiert, daß Ihre Bilanzanmeldung für
> ..Parkettarbeiten............................
> für das Planjahr 1989 aus Kapazitätsgründen nicht bestätigt werden konnte.
>
> Mit freundlichem Gruß
>
> Steglich
> Leiter der KGS
>
> Telefon: 2 82 92 98   Bankkonto: BSK 6691-37-126   Postscheckkonto: 7199-53-907   Betriebs-Nr.: 90000702
>
> 129 BbG 047/86

Ohne Kommentar...

Als eines Tages ein Verantwortlicher vom Handel und Versorgung bei mir erschien und mir vorschlug, meine Preisstufe 3 zu erhöhen, sagte ich ihm: „Da spielt sich nichts ab!" Ich kannte mein Publikum und wusste, mit welchen Problemen viele von ihnen sie zu kämpfen hatten. Diese hätten sich eine Preiserhöhung nicht leisten können. Oftmals half ich verschiedenen Leuten mit 50,- Mark aus, damit sie bis zum Monatsende auskamen. Denn mir war immer schon bewusst, wie schwer es ist, mit nur wenig Einkommen auszukommen. Mir wurde dann aber auferlegt, die Eintrittspreise für den alljährlichen Silvesterball von 5,- auf 15,- Mark zu erhöhen. Das ärgerte mich sehr und deshalb bekam jeder Gast von mir einen Verzehrbon in Höhe von 10,- Mark dazu. Denn diese 10,- Mark hätten sie ohnehin verzehrt und somit war für mich dieses Thema ebenfalls abgehakt. Wir hatten ferner eine alte Stammkundin, die sich bei uns so wohl fühlte, dass sie zu unserem bevorstehenden Jubiläum ihren Sohn in Westberlin bat, bei uns aufzutreten. Er war dort ein bekannter Zauberer und Illusionist. Um seiner dankbaren Mutter diesen Gefallen zu tun, erklärte er sich sofort zu einem kostenlosen Auftritt bei uns bereit. Dazu stellte er einen Antrag bei den Behörden, die es ihm allerdings anfänglich etwas schwer machten. Aber letztendlich gelang es ihm dann doch.

Anschließend hieß es auf unseren Plakaten:
„75 Jahre Clärchen´s Ballhaus * Am 13.09. und 17.09.1988 * Bernd Heller / Zauberei, Illusionen, Kabarett* Auf Einladung von Clärchen´s Ballhaus und den Kulturbehörden der DDR..." Die 364 Sitzplätze waren für beide Abende schon lange im Voraus ausverkauft.

Bernd Heller / Zauberer, Illusionist, Kabarettist

Irgendwie waren Wandi und ich für unsere Gäste nicht nur Großgastronomen, sondern auch „Psychologen in einer väterlichen und mütterlichen Weise". Es kamen ja oft Gäste zu uns, die froh waren sich einmal aussprechen

zu können, weil sie niemanden hatten, dem sie ihre Probleme anvertrauen konnten, bzw. wollten. Da nahm man sich schon öfter mal die Zeit zu einem Gespräch. Das war auch ganz gut so, denn unzähligen war dadurch geholfen. Wenn man Tag ein und Tag aus mit vielen Menschen zusammen kommt, hatte man schon so manchen guten Ratschlag parat oder konnte durch eigene Beziehungen und Kontakte weiter helfen.
Heute rennen die Leute, einer nach dem anderen, zu einem Psychotherapeuten...
Keiner hat mehr Zeit für den Anderen, alles wird immer anonymer in einer hektischen Zeit, in der eine stetig wachsende Welle an Depressionen und Hilflosigkeit auf die Menschen über schwappt.
Ich habe das Nazideutschland erlebt, die DDR-Diktatur mit der Stasi und doch nimmt man von allem nur die guten Erinnerungen mit auf den Weg und weniger das Unangenehme. Aber wenn ich die heutige Zeit so erlebe, frage ich mich, was die Leute davon als gute Erinnerungen festhalten sollen? Die Menschlichkeit, die Kollegialität, das Füreinanderdasein und einander helfen ist in der heutigen Gesellschaft völlig auf der Strecke geblieben. Wo sind denn gegenwärtig solche Begegnungsstätten, wie damals Clärchen´s Ballhaus? Es existiert zwar noch, aber leider nicht mehr in der Form wie einst, als noch Leute aus allen Schichten zu Hauff dort hin strömten, um sich die Sorgen des Alltags abzustreifen. Wo sie nicht erst eine „dicke Marie" benötigen, um sich einen solchen vergnüglichen Abend leisten zu können. In einer Gesellschaft, in der „Hartz IV" und Arbeitslosigkeit den Ton angeben und die Leute sich glücklich schätzen können, morgen noch ihren Arbeitsplatz zu haben, wird es das nicht mehr geben.

Das bekamen auch wir dann ganz klar nach der Wiedervereinigung Deutschlands zu spüren.
Diese war zwar ein Meilenstein der Geschichte und das deutsche Volk ist endlich wieder vereint, aber die langjährige Spaltung Deutschlands hat deutliche Spuren bei der Ost-, sowie bei der Westbevölkerung hinterlassen. So sehr, dass selbst heute nach fünfundzwanzig Jahren Wiedervereinigung in den Medien immer noch von „dummen Ossis" und „arroganten Wessis" die Rede ist. Fakt ist doch, dass es auf beiden Seiten sowohl „dumme" als auch „arrogante" Menschen gibt.

Wenn ich die heutige schnelllebige Zeit so betrachte, wo mir persönlich nicht mehr all zu viel Zeit zum Leben verbleibt, muss ich immer wieder feststellen, dass ich froh bin, in einer anderen Zeit gelebt zu haben.

Leider sind die menschlichen Werte, die ich heute sehr vermisse, im Laufe der Jahre immer mehr abhanden gekommen. Das allgemeine Trachten nach dem schnöden Mammon ist wichtiger geworden, als ein friedliches und harmonisches Miteinander. Das fängt in den einzelnen Familien an und endet in der „Großfamilie Staat".

5. Kapitel

Ein schwarzes Kapitel

Mit der deutschen Einheit begann für uns und Clärchen`s Ballhaus mit seinem herkömmlichen Konzept leider der langsame, aber doch sichere Untergang, der nur noch eine Frage der Zeit und unserer Ausdauer war. Alles Gute ist eben nie beisammen!
Clärchen`s damalige Devise: „Kleine Preise, große Mengen" ging nicht mehr ganz auf, denn mit der Wende musste ich im Strom der Preispolitik mitschwimmen, um das Geschäft noch halbwegs aufrecht zu erhalten. Durch die stetig wachsende Arbeitslosigkeit und die hohe Zahl an Verschuldungen vieler Familien und Unternehmen, was nun unter anderem, als „Nebenprodukt mit bitterem Beigeschmack" der Deutschen Einheit, in den Ostteil Deutschlands schwappte, gingen nach und nach immer mehr Gäste verloren. Viele von ihnen versuchten ihr Glück in den alten Bundesländern und schauten nur noch selten einmal vorbei.
Als ich mich mit Wandi 1990 zur Ruhe setzte und das Geschäft an meinen Sohn Stefan und dessen Frau Monika abgab, hoffte ich dennoch, dass sich dieser Zustand in absehbarer Zeit wieder ändern würde und die beiden es schaffen, mit neuen Ideen und frischem Elan das Steuer noch einmal herumzureißen.
Zwar hatten auch sie immer noch ein relativ gut besuchtes Haus, aber an die einstigen Besucherströme konnte nichts mehr anknüpfen. Nur zu bestimmten Anlässen, wie beispielsweise den Silvesterbällen oder

bestimmten Jubiläen von Clärchen`s Ballhaus waren schon alle Plätze lange im Voraus ausverkauft.

Den damaligen Journalisten der Presse, die unseren Fortschritt immer mit sehr großem Interesse verfolgten und uns oftmals mit Kamera und kurzen Interviews begleitet haben, möchte ich an dieser Stelle ebenfalls noch einmal recht herzlich für ihre authentischen Berichterstattungen danken, denn diese waren für unser Haus immer eine hervorragende und kostenlose Werbung.

Als meine Stiefschwester Grete 2003 verstarb, dauerte es nicht lange bis ihr Sohn und dessen Frau meinem Sohn im Geschäft einen „familiären" Besuch abstatteten...

Mein Sohn Stefan und Ehefrau Monika

Für Stefan war klar, dass dies nichts Gutes zu bedeuten hatte und sie das „Clärchen" verscherbeln wollten. Doch sie bekundeten ihm hoch und heilig: „Alles wird gut!" In diesem Jahr stand auch noch das 90-jährige Firmenjubiläum vor der Tür. Als es dann soweit war, Wandi und ich waren selbstverständlich ebenfalls zu diesem geschichtsträchtigen Ereignis gekommen, kam es mir vor, als machten alle Anwesenden mit uns eine kleine Zeitreise und tanzen mit uns gemeinsam im Dreivierteltakt in die Vergangenheit. Den ganzen Abend blieb sogar noch der Stuhl, auf dem Clärchen immer saß, leer und es schien, als würde sie jeden Moment den Saal betreten. Ich betrachtete mir zwischendurch, endlich einmal selbst als Gast anwesend und nicht im Stress stehend, das ganze Treiben in seinem alten Flair und dachte voller Melancholie, die Zeit wäre stehen geblieben. Alle haben, wie gewohnt, ihre Alltagssorgen draußen vor der Tür gelassen und amüsierten sich prächtig, wie einst „Bolle". Es war schon ein recht eigenartiges Gefühl für mich.

Zu meiner großen Freude war auch unser alter „Mr. Chanson" Jürgen Walter gekommen, mit dem ich das erste Mal selbst auf unserem Parkett mein Tanzbein schwang. Also noch eine Premiere im Alter für mich. Selbst ein weiterer ehemaliger Stammgast, unser geschätzter Walter Plathe, der oft in jungen Jahren zu Gast bei uns war und sich seine Brötchen zwischenzeitig als Landarzt beim ZDF verdiente, lies es sich nicht nehmen, uns zum Jubiläum zu besuchen. An diesem Abend machte er uns sogar noch die Freude und sang Lieder aus seinem Otto-Reutter-Programm. Es war rundum ein wunderschöner, unvergessener Abend und das bestimmt nicht nur für mich.

Aber dann kam es, wie es kommen musste und es war ein ganz typischer „Ost-West-Konflikt", wie ihn ebenso viele andere Menschen in den neuen Bundesländern auf ähnliche Art und Weise zu spüren bekamen. „Von wegen >Alles wird gut!< Die haben doch im Fernsehen zu oft Nina Ruge in „Leute heute" gesehen!", rief mein Sohn voller Empörung, nachdem er einen Brief von Gretes Sohn geöffnet hatte, der gerade mit der Post kam.
In diesem teilte er ihm kurz und knapp den neuen Eigentümer und dessen Kontonummer mit, auf die Stefan nun zukünftig die Pacht überweisen sollte. Somit stand fest, dass er „Clärchen" schon verkauft hatte, als er mit seiner Frau im Geschäft auftauchte. Auch der neue Eigentümer, ein Milliardär aus Darmstadt, machte keinerlei Anstalten, meinen Sohn zu fragen, ob er das Geschäft weiterführen möchte. Dieser teilte ihm im Dezember 2004 genauso unverfroren mit, dass er das Objekt im Januar 2005, bis auf das Mobiliar, zu räumen hätte, denn dies habe er mitgekauft...

Wir waren alle ziemlich betreten und betrübt, auf welche Art und Weise Gretes Sohn uns da förmlich überfahren hatte. Ohne ein Wort mit mir, als quasi seiner Tante, die das Geschäft im Sinne seiner Oma Clara die ganze Zeit aufrecht erhalten hatte, zu reden. Freilich war das Recht auf seiner Seite, aber er hatte es schließlich mir zu verdanken, dass ich damals Clärchen`s Angebot ausschlug und somit das Erbe später, nach ihrem Tod, an seine Mutter ging, die im Westen lebte und von all dem nichts wissen wollte. Da hätte doch wohl allein der Anstand verlangt, zumindest ein gemeinsames, aufklärendes Gespräch mit uns zu führen!

Aber ihn und seine Frau interessierten nur noch die Millionen, bei denen ja bekanntlich die „Freundschaft" und demzufolge wohl auch der „Anstand" aufhören...

Clärchen`s Ballhaus hat die wilden zwanziger Jahre, zwei Weltkriege und die DDR-Zeiten überstanden, aber gegen das, was man als „Verwandtschaft" bezeichnet hatte, war leider kein Kraut gewachsen.

Wenn Clärchen das miterlebt hätte, würde sie sich heute noch unruhig vor Wut und Verzweiflung in ihrem Grab hin und her drehen, weil sie nicht verstehen könnte, wie ihr eigener Enkel mit uns und ihrem einst so hart erkämpften Lebenswerk umgegangen ist. Denn diesen Schritt würde sie ihm nie verzeihen!

Blieb nur noch der Silvesterball, den Stefan, Monika und alle Angestellten voller Wehmut und Trauer ausrichteten. Alle nahmen Abschied von einem Stück Heimat, welches für sie im Laufe der Jahre zu einem zweiten zu Hause geworden war. Die Stimmung lag auf dem Nullpunkt und neben reichlich Sekt flossen auch eine Menge Tränen.
Ein sonst so lustiger und ausgelassener Ballabend war diesmal ein tragischer Ball, ein Trauerspiel das so anmutete, als hätten alle Anwesenden Clärchen ein zweites Mal zu Grabe getragen...

Dieser Silvesterball war für uns der letzte Ball in unserem geschichtsträchtigen Familienunternehmen, das wir nur einer wunderbaren, enorm fleißigen und liebenswerten, couragierten Frau mit dem Herzen am rechten Fleck und dem Kosenamen „Clärchen" zu verdanken hatten.

Immerhin läuft das Haus mit seinen neuen Pächtern unter dem gleichen Namen weiter, aber „Clärchen`s Ballhaus", *wie es einmal war,* wird es wohl nie wieder sein.

Es bleibt mir nur noch zu hoffen, dass die neuen Betreiber, die inzwischen auch den 100. Geburtstag des Hauses feierten, nicht all zu schnell den berühmten Stuhl vor die Tür gestellt und ihren Pachtvertrag noch viele weiteren Jahre verlängert bekommen.

Ich wünsche Herrn Christian Schulz und Herrn David Regehr, die mit großem Engagement und einem neuen Konzept das Haus wieder auf Erfolgskurs brachten, für ihre weitere Zukunft ein ganz herzliches **toi, toi, toi!**

Was mir aber bleibt, sind eine Menge Foto`s und die schönen Erinnerungen,
die schlechten versuche ich zu vergessen.

Nachfolgend noch ein paar schöne Impressionen

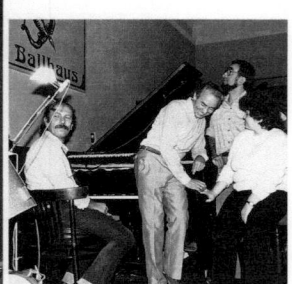

Leider geht es im wahren Leben nicht mit Zauberei zu...

Schön war die Zeit...!

Nachwort

Für Wandi und mich begannen jedoch, trotz der großen Enttäuschung, die wir durch die wideren Umstände mit Clärchen`s Ballhaus erlitten, die wohl schönsten 17 Jahre unseres gemeinsamen Lebens.

Wir genossen unseren Ruhestand in den tiefsten Zügen und taten, wozu wir Lust hatten. Endlich befreit von sämtlichen Verpflichtungen, von all dem Stress und der Hektik! - Nur noch Ruhe pur! -
Nun konnte ich letztendlich meinem lang gehegten Wunsch nachkommen und mich der Literatur hingeben, was ich sofort und voller Hingabe tat. Bücher, die mein Interesse weckten (diese waren weit gestreut), verschlang ich fortan buchstäblich...
Außerdem gingen wir gern auf Reisen, die wir machten, so lange es uns gesundheitlich noch möglich war und erfreuten uns immer wieder unseres Lebens, der großen, innigen Liebe und der gegenseitigen Achtung, die uns verband.

Ohne Respekt und der gegenseitigen Achtung hat die Liebe auch keine Chance, auf Dauer zu bestehen.

Weil unsere Liebe allerdings schon sehr lange anhielt, besiegelten wir sie schließlich noch mit dem „Ja-Wort", das wir uns am 29.03.1999 klammheimlich gaben.
Ein Jahr später trennten wir uns von unserem Häuschen in Rahnsdorf und bezogen eine herrliche 3-Raum-Wohnung in dem schönen Ort Wildau (inzwischen Stadt geworden), wo wir uns pudelwohl fühlten.
Apropos pudelwohl: Ferner bereicherte eine apricotfarbene Pudeldame namens „Babsy" unser Leben,

über viele Jahre hinweg, ungemein. Mit ihr ging somit auch dieser Traum von mir in Erfüllung.

Aber da selbst die schönsten Träume, die einmal in Erfüllung gingen, nicht endlos sind, musste ich am 21.11.2007 schweren Herzens Abschied von meinem über alles geliebten Wandi nehmen. Dies war der schlimmste Abschied in meinem Leben, den ich bis heute noch nicht überwunden habe.

Ihm möchte ich hier an dieser Stelle ganz besonders danken und gedenken, denn ohne ihn wäre vieles in unseren gemeinsamen Jahren nicht so gut gelaufen, wie es lief.

Einen besseren Partner, sei es im geschäftlichen oder im privaten Leben, hätte ich nie und nimmer finden können.

Vielen Dank ebenso an alle Gäste und besonders an unsere Stammgäste, die uns so lange die Treue gehalten haben!

Ihre

Elfriede Wolff

Quellennachweis:

Abbildungen aus dem Internet:

Sämtliche Foto`s meiner alten Heimat in Bernstein habe ich der freundlichen Unterstützung des Herrn *Frank Steinke* vom Brandenburger Landstreicher zu verdanken, dessen Nutzung er mir freundlicher Weise gestattete.

http://brandenburg.rz.fhtw-berlin.de/bernstein.html

S. 62 / „Det war sein Milljöh"
http://de.wikipedia.org/wiki/Heinrich_Zille

S. 64 / „Jeu de Paume"
http://de.wikipedia.org/wiki/Jeu_de_Paume

S. 70 / „Zeitgenössische Darstellungen von Georg Mühlberg" / Archiv und Bücherei der Deutschen Burschenschaft, Koblenz
http://www.burschenschaftsgeschichte.de/bilder/georg_muehlberg_serie/

Alle anderen Abbildungen stammen aus meinem privaten Besitz. Einen großen Teil dieser Foto`s habe ich den Fotografen *Eberhard Klöppel, Erich Franke und Herrn Hoppe* zu verdanken, die so lieb waren, mir nach ihren Aufnahmen in unserem Hause Abzüge zu kommen zu lassen. Bei allen hier genannten Personen möchte ich mich ganz herzlich bedanken, da sie mir mit ihren Foto`s jeder ein großes Stück schöner Erinnerungen an die guten alten Zeiten gaben, die ich somit immer wieder aufleben lassen kann.

Elfi & Wandi

Meine Stadt Wildau

- Ein gelungener Mix aus Wirtschaft, Wissenschaft und Lebensqualität -

Wildau gewinnt seinen Reiz aus der Verbindung zwischen der Flusslandschaft der Dahme und den Ausprägungen von Wirtschaft und Wissenschaft, die Wildau als bedeutenden Standort für Gewerbe, Industrie und Technische Hochschule bestimmen und dabei eine hohe Lebensqualität gewährleisten. Die Stadt Wildau liegt ca. 25 km von Berlin-Mitte und ca. 10 km vom Rand der Metropole entfernt im Umfeld des zukünftigen Hauptstadtflughafens und ist mit der S-Bahn und über die A 10 schnell zu erreichen. Gemeinsam mit der Stadt Königs Wusterhausen hat Wildau den größten Binnenhafen im Land Brandenburg.

Sehr sehenswert ist die kulturhistorisch bedeutsame Schwartzkopff-Siedlung, die Anfang des 20. Jahrhunderts als Werkssiedlung der gleichnamigen Lokomotivfabrik in Wildau entstand. Sie stellt ein außergewöhnliches Zeugnis der Architektur- und Industriebau-Geschichte dar. Die alten Industrieanlagen erfuhren durch ihre weitere gewerbliche Nutzung und die Ansiedlung der Technischen Hochschule Wildau eine Wiederbelebung und setzten mit ihren wohlintegrierten, z.T. preisgekrönten Neubauten interessante architektonische Impulse. Ein weiteres bauliches Kleinod ist das Ensemble aus Friedenskirche und dem dazugehörigen Pfarrhaus, das in den Jahren 1909-1911 errichtet wurde.

Wildau bietet ein breites Spektrum an Sport- und Unterhaltungsmöglichkeiten mit vier Sporthallen, dem Otto-Franke-Stadion und dem "Wildorado". Das A10 Center lädt zum Einkaufen und Bummeln ein und bietet mit seinem Kino und dem Bowlingcenter, sowie zahlreichen gastronomischen Einrichtungen ein vielfältiges, großstädtisches Angebot. Die touristische Attraktivität Wildaus wird durch die Sanierung des Klubhauses an der Dahme und die Umgestaltung seines Umfelds zur Uferpromenade und zum Wasserwanderliegeplatz, deren Fertigstellung für 2015 geplant ist, weiter gewinnen. Für Wanderer, Spaziergänger und Radfahrer sind der „Kurpark" mit dem Pulverberg, der „Dahme-Wanderweg" entlang der Dahme und dem Naturparadies in den Dahme-Wiesen, sowie das Flächennaturdenkmal rund um den Tonteich in den Lausebergen lohnende Ziele. Durch die TH Wildau wurden bedeutsame Großveranstaltungen wie das Open-Air Campusfest "Sommer in Wildau" oder das Oktoberfest initiiert. Gemeinsam mit der Stadt Wildau organisiert die Wohnungsbaugesellschaft WiWO zwei große Veranstaltungen: die Walpurgisnacht und das Wildauer Weihnachtsfeuer.

Kurzum, Wildau ist eine wunderschöne, kleine Stadt, in der es sich angenehm leben lässt und die immer einen Besuch wert ist.

Fotos: Stadt Wildau

Mit freundlicher Unterstützung von

10/V-TV empfangen Sie rund um die Uhr
im regionalen Kabelnetz

und über Satellit:
jeden Montag & Freitag um 17:30 Uhr
auf

loka l-TV

und im Internet:

www.kw-tv.de
oder
youtube.com/kwtvwildau

*KW-TV Fernsehproduktions - und Vertriebsgesellschaft mbH
Bahnhofsplatz 2 * 15745 Wildau
Telefon: 0375 / 20 30 66 * Email: info@kw-tv.de
Geschäftsführerin: Petra Pogorzalek*

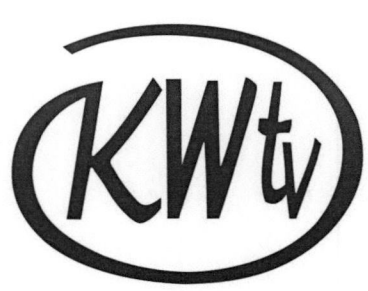

Fernsehen aus der Region

Ihre Werbung im regionalen Fernsehen

KW-TV Fernsehproduktions - und Vertriebsgesellschaft mbH
*Bahnhofsplatz 2 * 15745 Wildau*
*Telefon: 03375 / 20 30 66 * Email: info@kw-tv.de*
Geschäftsführerin: Petra Pogorzalek